W0324795

LE NUAGE

Gudrun PAUSEWANG est née en Bohême en 1928. Elle a enseigné pendant plusieurs années dans des écoles allemandes au Chili, au Vénézuela et en Colombie. Retraitée de l'enseignement, elle vit actuellement en Hesse. Elle a publié plus de trente romans et récits pour l'enfance et la jeunesse, une dizaine d'albums, une douzaine de romans pour les adultes.

Le Nuage a reçu le Earthworm Children's Book Award 1995, aux États-Unis.

Gudrun PAUSEWANG

Le nuage

Traduit de l'allemand par
François Mathieu

POCKET

Titre original :
Die Wolke

Loi n° 49 956 du 16 juillet 1949
sur les publications destinées à la jeunesse : avril 1996

© 1987, Ravensburger Buchverlag

© 1996, Éditions Pocket pour la traduction française
et la présente édition

ISBN : 2-266-07179-3

« Désormais nous ne pourrons plus dire que nous n'en savions rien. »

Toute ressemblance entre les personnages de ce récit et des personnes vivantes ne serait due qu'au hasard.

CHAPITRE PREMIER

Une forte brise soufflait ce vendredi matin-là. Janna-Berta regardait par la fenêtre : elle voyait les jeunes feuilles des bouleaux scintiller au soleil. Les ombres des branches tremblaient sur l'asphalte de la cour du lycée. Une neige de pétales de cerisier tombait au-dessus des bâtiments. Le ciel était d'un bleu profond, tout juste traversé par quelques nuages isolés, blancs et légers comme du coton hydrophile. Pour un matin de mai, il faisait extraordinairement chaud. L'air était transparent.

Soudain, la sirène retentit. M. Benzig interrompit la leçon de français au beau milieu d'une phrase et jeta un coup d'œil sur sa montre-bracelet.

– Onze heures moins neuf, dit-il. Drôle de moment pour un exercice d'alerte.

– L'alerte ABC[1]! s'écria Elmar, le premier de la classe.

– C'était probablement annoncé, reprit M. Benzig. Poursuivons.

Mais à peine s'était-il replongé dans la leçon que le haut-parleur crachota. La voix du directeur se fit entendre :

– L'alerte ABC vient d'être déclenchée. Suspension immédiate des cours. Tous les élèves sont priés de rentrer chez eux le plus rapidement possible.

Quelques phrases suivirent qui se perdirent dans le brouhaha général. Tout le monde courut vers les fenêtres pour regarder à l'extérieur.

– Tu comprends ce que ça signifie? demanda Meike, l'amie de Janna-Berta.

Janna-Berta fit non de la tête. Elle sentit ses mains se glacer. Il venait de se passer quelque chose. Elle pensa à Uli, son petit frère.

– Rentrez chez vous, dit M. Benzig.

Les bruits du couloir arrivaient jusqu'à eux : des cris d'élèves excités, des pas pressés, des portes claquées.

1. Ces trois lettres sont utilisées par l'armée fédérale pour désigner les trois dangers, atomique, biologique et chimique. Une unité militaire dite de « défense ABC » est spécialement formée pour la lutte contre ces trois dangers. *(N.d.T.)*

– Mais qu'est-ce qui a pu arriver? s'écria Janna-Berta.

M. Benzig haussa les épaules.

– Je n'en sais pas plus que vous, répondit-il. Je vous en prie, allez-vous-en maintenant! Courez aussi vite que possible! Mais conservez votre sang-froid.

– C'est probablement un exercice de simulation très proche de la réalité, commenta tranquillement Elmar en rangeant ses affaires dans son sac.

M. Benzig fit non de la tête.

– On m'aurait prévenu, fit-il.

Un élève ouvrit alors brusquement la porte et sortit en courant. Les autres s'engouffrèrent à sa suite. Dans le couloir, ce fut une bousculade épouvantable. Quelques élèves essayaient à toute force de remonter le courant, parmi lesquels Janna-Berta reconnut Ingrid. Elle habitait dans la Rhön. Janna-Berta passait souvent les récréations en sa compagnie.

– À cette heure-ci, il n'y a pas de car pour Uttrichshausen! cria-t-elle en direction de Janna-Berta. Il n'y en a qu'un dans une heure et demie. Je téléphone chez moi pour qu'ils viennent me chercher.

Mais il y avait déjà foule devant le secrétariat. Ingrid allait attendre longtemps avant de pouvoir téléphoner. Janna-Berta aurait voulu rester avec elle, mais impossible de résister au courant qui l'entraînait vers l'escalier. Poussée de marche en marche vers le bas, elle s'était agrippée au bras de Meike. Il y avait de plus en plus de bruit. En bas, dans le préau, quelqu'un cria :

– Grafenrheinfeld ! Alerte à Grafenrheinfeld !

Janna-Berta essaya de se souvenir : Grafenrheinfeld ! Ne s'agissait-il pas d'une centrale nucléaire ?

Tandis qu'elle sortait du bâtiment, quelques mômes, des élèves de cinquième année de primaire [1], passèrent devant elle. Sans regarder ni d'un côté ni de l'autre, ils traversèrent la rue en courant. Des pneus crissèrent. Un automobiliste klaxonna comme un sauvage et injuria les enfants qui déjà disparaissaient. Manifestement, il n'était pas encore au courant.

Arrivée au passage pour piétons, Janna-Berta s'arrêta, hésitante :

– Moi non plus, je n'ai pas de bus à cette heure-ci.

– Viens chez moi, proposa Meike.

Janna-Berta fit signe que non.

1. L'équivalent de notre cours moyen deuxième année. *(N.d.T.)*

– Tu n'as pas l'intention d'aller à Schlitz à pied? demanda Meike.

– Mes parents sont à Schweinfurt, dit Janna-Berta. Papa a une réunion, Maman et Kai sont chez ma grand-mère. Ils ne rentrent que demain. Uli est tout seul à la maison. Il faut que je m'occupe de lui.

À cet instant, Lars passa près d'elles. Lars habitait à Schlitz. Il était en terminale et venait au lycée en voiture.

– Salut, Janna-Berta, lui lança-t-il, tu veux que je te ramène?

Elle s'empressa d'accepter, dit au revoir à Meike et lui emboîta le pas.

Trois autres garçons de Schlitz, tous de terminale, montèrent également dans la voiture. Janna-Berta s'assit à l'avant et entreprit de mettre sa ceinture.

– Ce n'est pas la peine! lança Lars. La police nous laissera tranquilles aujourd'hui!

– S'ils nous renvoient brusquement chez nous, c'est peut-être à cause d'un accident nucléaire majeur, dit l'un des garçons.

– C'est trop bête que mon autoradio soit foutu, ronchonna Lars.

Un accident nucléaire majeur. Janna-Berta se souvenait que c'était l'expression employée après l'accident de la centrale nucléaire russe. À l'époque, elle était encore à l'école primaire et n'avait rien compris aux explications de l'instituteur qui parlait de « rems [1] », de « becquerels [2] » et de « rejets radioactifs ». Elle avait tout juste retenu le nom de la centrale nucléaire russe : Tchernobyl. Et elle avait su que, désormais, le ciel, la terre et surtout la pluie étaient d'une façon ou d'une autre contaminés. Quand il pleuvait, on n'avait pas le droit d'aller en récréation dans la cour. C'était logique. Toutefois, après les cours, il fallait rentrer chez soi sous la pluie contaminée. Le premier jour, Janna-Berta avait refusé de quitter l'école. Finalement, elle était rentrée chez elle, secouée de sanglots, dans la voiture d'une maîtresse. Mamie Berta l'avait traitée de « petite sotte ». La pluie n'était pas du tout contaminée, le maître avait raconté des idioties.

Janna-Berta avait maintenant quatorze ans. Elle était en cinquième année de lycée [3]. Accident nucléaire majeur : les mots avaient un sens pour elle, à présent. L'expression signifiait qu'une centrale nucléaire dégageait de la radioactivité en quantités dangereuses. Et une centrale nucléaire, il y en avait une à

1. Le rem est une unité de mesure de dose de radiation absorbée par un organisme vivant.

2. Le becquerel est l'unité de mesure d'activité d'une source radioactive.

3. Correspond à la classe de seconde, en France.

Grafenrheinfeld. Au fait, c'était à combien de kilomètres ?

Lars prit le raccourci par la Marienstrasse. Il évitait ainsi quatre feux. C'était une zone pavillonnaire fort tranquille. Mais, ce jour-là, il y avait trois voitures devant la vieille Opel Kadett de Lars et, derrière lui, d'autres automobilistes impatients klaxonnaient.

À l'arrière du véhicule, ils parlaient du type de réacteur de Grafenrheinfeld, s'interrogeant sur la nature de l'accident. Les mots « Tchernobyl », « Harrisburg », « barres de combustible », « eau de refroidissement » et « cuve de sécurité » revenaient sans cesse dans la conversation. Aux yeux de Janna-Berta, les quatre élèves de terminale étaient des experts en énergie nucléaire. Elle ne s'était jamais vraiment intéressée à la physique. Mais elle savait que les centrales nucléaires pouvaient être dangereuses. Après Tchernobyl, elle avait participé avec ses parents à plusieurs manifestations. Elle s'en souvenait encore très bien. À l'époque, il y avait eu un conflit épique entre ses parents et ses grands-parents : Mamie Berta et Papy Hans-Georg pensaient que l'énergie nucléaire faisait partie de la vie moderne au même titre que la voiture ou le téléviseur. Ils affirmaient que ce qui était arrivé à Tchernobyl ne concernait nullement les centrales nucléaires allemandes. En outre, ils jugeaient les manifestations inutiles, tout juste bonnes pour les rêveurs et les fauteurs de troubles. Ils en avaient surtout voulu à Maman, persuadés qu'elle avait influencé Papa avec ces idées idiotes.

Au débouché de la Marienstrasse dans la Niesigerstrasse, il y avait un embouteillage : un endroit où d'habitude la circulation était toujours fluide.

– C'est louche, cette panique, dit sèchement Lars. Ils veulent tous aller sur l'autoroute.

À l'époque, les parents de Janna-Berta avaient même participé à la création d'un comité de citoyens contre l'utilisation de l'énergie nucléaire. Mais, depuis, on avait pratiquement oublié Tchernobyl. En Allemagne fédérale, les centrales nucléaires avaient continué à fonctionner sans incidents notables, et le comité de citoyens s'était peu à peu démobilisé.

Papa avait dit un jour : « Tchernobyl n'a pas suffi. Il faut que ça arrive ici chez nous pour que l'Allemand décolle son derrière de sa chaise. »

À présent, Janna-Berta savait pourquoi le nom de Grafenrheinfeld lui avait tout de suite rappelé quelque chose : une fois, Maman avait distribué des tracts pour le comité de citoyens, lesquels expliquaient la situation de toutes les centrales nucléaires ouest-allemandes. L'une d'entre elles s'appelait Grafenrheinfeld. Ce n'était pas très loin.

Uli est en train de sortir de l'école, songea-t-elle avec inquiétude.

Elle ouvrit la vitre, entendit un bruit de stores que l'on baisse et vit des gens sortir en hâte d'un immeuble. De l'autre côté de la rue, une femme courait avec ses deux jeunes enfants. Elle en portait un sur le bras et tirait l'autre derrière elle. Une fenêtre de rez-de-chaussée s'ouvrit : quelqu'un chassait un chat.

Quand ils eurent enfin dépassé le carrefour et quitté la ville en direction de Gläserzell, le nombre de voitures qui roulaient en sens inverse diminua. Mais ils étaient sans cesse doublés et, avant même d'arriver à Gläserzell, une file de véhicules s'étirait derrière eux.

– Ils prennent la petite route, parce que l'autoroute va être bientôt embouteillée, dit l'un des garçons, à l'arrière.

– Si ça sent vraiment le brûlé, nous prendrons l'avion, ajouta Lars.

Janna-Berta savait que le père de Lars avait un avion de tourisme stationné sur l'aéroport de Wernges. Une fois, il avait invité son père à faire un tour au-dessus de Schlitz.

– Je parie que mes vieux sont déjà en train de faire leurs valises, dit l'un des garçons. Tous des fanatiques de la sécurité. Et ma grand-mère va emballer le fourbi le plus dingue : ses lampes de chevet ou sa binette à désherber.

Janna-Berta pensa à ses deux grand-mères : Jo, la mère de Maman, et Mamie Berta, la mère de Papa. Jo était infirmière à Schweinfurt et passait un week-end sur deux dans des manifestations. Elle était un peu pénible avec son éternel « Il faut que tous nous changions... », son couplet végétarien et sa manie de la vie simple. Mais, chez elle, Janna-Berta avait l'impression d'être prise au sérieux. Et il y avait un si joli désordre chez Jo !

Mamie Berta, qui habitait à Schlitz, était toute différente. Elle ressemblait aux grand-mères des livres pour enfants de Janna-Berta. Elle vous gâtait et s'occupait si bien de vous, elle connaissait tellement de chansons et d'histoires anciennes que c'était merveilleux d'être à ses côtés. La plupart des histoires étaient joliment tristes, certaines de nature à vous faire dresser les cheveux sur la tête. Mais avec Mamie Berta, on était sûr que rien de grave ne pouvait arriver ; on distinguait parfaitement le bien du mal : les bons triomphaient et les méchants étaient franchement vaincus. On pouvait compter sur Mamie Berta pour cela. Chez elle, tout était rangé, des gros mots que l'on n'avait pas le droit d'utiliser en sa présence aux draps de lit proprement entassés dans l'armoire à linge. Et elle n'aurait pas été Mamie Berta si, à chaque promenade, y compris par très beau temps, elle n'avait pas emporté un parapluie. Pour elle, les Verts [1] étaient des gens qui « manquaient simplement de manières », et, quand Papy Hans-Georg se bagarrait avec Papa à propos de politique, elle se retirait dans sa cuisine. Ses gaufres étaient les meilleures au monde.

Mamie Berta et Papy Hans-Georg étaient à Majorque depuis une semaine. Peut-être étaient-ils en train de se promener sous des palmiers. Mamie Berta manquait beaucoup à Janna-Berta, bien que ces derniers temps celle-ci se fût de plus en plus souvent fâchée contre elle. Mamie Berta n'admettait pas que Janna-Berta, à quatorze ans, prenne part aux discussions. Par exemple, quand il s'agissait de politique : « Ça va, ma petite Janna », disait-elle avec douceur dès que cette dernière voulait intervenir.

Comme ils traversaient le petit village de Hemmen, dans la dépression de Fulda, un car

1. Mouvement politique de tendance écologiste.

scolaire s'arrêta de l'autre côté de la rue. Des enfants en descendirent et se mirent à courir dans tous les sens. Des mères qui gesticulaient avec nervosité attendaient les plus jeunes. Janna-Berta songea avec angoisse à Uli.

– Les gamins n'ont pas l'air spécialement tristes, dit Lars. Ils sont heureux de ne pas avoir d'école.

J'espère qu'il prendra le chemin le plus court pour rentrer, pensa Janna-Berta. *S'il faut encore que j'aille le chercher...*

Tout avait pourtant été si bien réglé. Maman avait commencé par hésiter à lui confier Uli. Mais Papa avait dit en riant : « Elle est quand même capable de s'occuper de son frère pendant deux jours. Après tout, elle va bientôt avoir quinze ans ! »

Uli avait insisté, lui aussi. Il avait juré d'écouter Janna-Berta. Maman avait alors donné son consentement.

« Je téléphonerai tous les soirs », avait-elle annoncé.

Et Papa avait à nouveau éclaté de rire : « Il n'y en a que deux. Samedi soir, nous serons déjà revenus. »

Hier, jeudi, tout avait marché comme sur des roulettes. Uli n'avait eu que trois heures de cours. Maman lui avait mis la clé de la maison au bout d'un cordon de cuir rouge passé autour du cou, et il ne l'avait pas perdue. Une fois rentré, il avait fait ses devoirs sans plus attendre. Quand Janna-Berta, trois heures plus tard, était arrivée, il avait déjà épluché les pommes de terre et mis la table. Le soir, Maman avait téléphoné depuis l'appartement de Jo à Schweinfurt, et Janna-Berta avait pu l'assurer que tout allait pour le mieux.

« N'oublie pas de lui donner des tartines pour les récréations », avait encore ajouté Maman.

Janna-Berta n'avait pas oublié les tartines d'Uli, et ils avaient l'intention aujourd'hui de faire des pommes de terre râpées. C'était une idée d'Uli qui les adorait. À présent elle était inquiète. Est-ce qu'il avait peur ?

– C'est loin, Grafenrheinfeld ? demanda Janna-Berta.

Soixante-dix kilomètres pour l'un, quatre-vingts pour un autre. Estimations à vol d'oiseau. Janna-Berta savait que c'était une distance très réduite. La centrale de Tchernobyl ne se trouvait-elle pas à quinze cents kilomètres ?

– Tu oublies le vent, dit Lars. Tout dépend du vent. Seul le vent du sud-est peut être dangereux pour nous, et nous n'en avons pratiquement jamais. Chez nous, le vent vient presque toujours de l'ouest.

– Et comment le nuage radioactif de Tchernobyl est-il arrivé jusqu'à nous ? demanda Janna-Berta.

Silence. Puis ils parlèrent des effets de la rotation de la terre et des courants d'air en altitude.

– C'est vraiment bête que ma radio ne fonctionne pas, se lamenta Lars. La direction du vent est certainement annoncée toutes les cinq minutes.

– Ou pas, répliqua l'un des garçons. Ils vont commencer par tout faire pour empêcher la panique. Je vais vous dire ce qui va se passer : nous allons entendre à intervalles réguliers qu'il n'y a aucune raison de s'inquiéter et qu'ils contrôlent la situation. Le mot d'ordre : *le premier devoir du citoyen est de conserver son calme.*

– Et si on s'arrêtait pour examiner nous-mêmes d'où vient le vent ?

Lars quitta la file de voitures et s'engagea sur le parc de stationnement des étangs de Hemmen. Il sauta du véhicule et laissa flotter son mouchoir.

– Quelle merde, *c'est* le vent du sud-est !

Il s'engouffra dans la voiture, remonta la vitre et, à coups de klaxon, reconquit sa place sur la petite route où la file de véhicules roulait en direction du nord.

– Si c'est vrai que le vent souffle du sud-est, dit quelqu'un à l'arrière, ça veut dire que leur machin peut être ici dans deux heures.

– Arrête tes conneries ! grogna Lars.

– Mes conneries ? On a mis vingt minutes pour venir de Fulda jusqu'ici, et va savoir quand cette merde s'est produite ! Ça fait peut-être déjà plusieurs heures ! Dans ce cas, il y a un bout de temps qu'on a notre dose...

Ils traversèrent en silence le village de Hartershausen. Un tracteur qui tirait une citerne à purin vide rentrait des champs en pétaradant, une femme faisait de grands signes au conducteur. À l'intérieur d'une maison, un rideau bougea : personne ici ne semblait faire ses bagages.

Janna-Berta essaya de s'imaginer la carte. Grafenrheinfeld devait se trouver au sud-est. Non, la géographie n'avait jamais été son fort. Dernièrement, Papa s'était contenté de secouer la tête en signe de désapprobation lorsqu'elle avait situé Erlangen dans l'Odenwald. Aurait-elle l'air ridicule si elle posait la question ?

Ils traversèrent Uellershausen, le dernier village avant Schlitz. Des gens sortaient de chez eux en traînant des valises et chargeaient leurs voitures. Juste au moment où Janna-Berta allait poser sa question, la réponse arriva.

– Schweinfurt est déjà vide... à supposer que la protection contre les catastrophes ait fonctionné.

– Pourquoi Schweinfurt ? demanda Janna-Berta, prise de frayeur.

– Toi, tu en poses des questions ! répondit Lars en se mordant nerveusement la lèvre inférieure. Schweinfurt est juste à côté de Grafenrheinfeld – ou Grafenrheinfeld est à côté de Schweinfurt, c'est comme tu veux.

Janna-Berta retint son souffle.

– Si c'est un accident majeur, tu peux oublier la protection contre les catastrophes, dit un garçon dans son dos. À Schweinfurt, on n'a plus besoin que de fossoyeurs et de spécialistes de la greffe de moelle osseuse.

– Uniquement à Schweinfurt ? Tu en es sûr ? demanda Lars d'un air sombre.

– À Schweinfurt... aujourd'hui, mes parents sont à Schweinfurt, répliqua Janna-Berta.

Les quatre garçons se turent.

Ils franchirent les hauteurs de Pfordt. Janna-Berta pensa à ses parents. À son père : sec, hâlé, avec ces petites rides rieuses qu'elle aimait tant au coin des yeux et sa barbe noire. À sa mère : trois centimètres de plus que lui, blonde, les yeux marron, et toujours l'envie de rire. Souvent imprévisible dans ses réactions.

– Ils ont peut-être réussi à ficher le camp à temps, dit une voix à l'arrière.

Janna-Berta prit soudain conscience que Kai, le cadet de la famille, qui n'avait même pas trois ans, était lui aussi à Schweinfurt. Kai que tout le monde aimait tant ! Et Jo !

Apparemment il s'était produit quelque chose de monstrueux. Pourtant, tout semblait aussi paisible que d'habitude : un jour de printemps ordinaire ; il faisait chaud et il y avait du vent. Les fleurs des cerisiers étaient déjà presque fanées. Les pommiers à la sortie des villages fleurissaient à leur tour. Les champs de colza étaient tout jaunes. Deux semaines encore, et ce serait la Pentecôte.

Vivez, pensa Janna-Berta, *je vous en prie, il faut que vous viviez !*

Elle s'enfonça les ongles dans le bras : une douleur pour lutter contre la douleur. Déjà, quand elle était petite, c'est comme ça qu'elle supportait la fraise du dentiste.

Puis ils arrivèrent à Schlitz. Lars habitait l'une des premières maisons de la ville. Sa mère se précipita à la rencontre de la voiture en leur faisant de grands signes pour qu'ils s'arrêtent.

– Lars ne peut plus vous ramener chez vous ! cria-t-elle.

Janna-Berta descendit. Elle était comme

étourdie. Derrière elle, les trois garçons sortirent du véhicule et s'empressèrent de partir après un bref « salut ! ». Janna-Berta murmura un remerciement, Lars courait déjà derrière sa mère.

Janna-Berta leva les yeux vers la colline qui dominait la ville. Sa maison était là-haut. Il était probable qu'Uli l'attendait. Dix minutes de marche. Huit, peut-être sept en marchant vite. Elle se mit à courir.

CHAPITRE II

La maison était là, avec son pignon pointu, au milieu de la verdure, derrière le bouquet de bouleaux. Le soleil se reflétait dans la fenêtre de la chambre de Janna-Berta. Juste au-dessus, les géraniums du balcon des grands-parents étaient en fleur et particulièrement fournis cette année. La fierté de Mamie Berta.

Les grands-parents apprendraient tout par le journal.

Uli apparut sur le balcon du bas et lui fit signe.

– Ils nous ont renvoyés chez nous ! cria-t-il. Il doit y avoir du poison dans l'air ! Tout plein de poison ! Et Almut a téléphoné, il faut qu'on descende à la cave. J'ai déjà râpé les pommes de terre !

On entendait par la porte-fenêtre entrouverte les accords d'une musique solennelle. Uli avait allumé la radio. Janna-Berta gravit la pente en courant, entra précipitamment dans la maison et jeta son cartable.

– Ils n'arrêtent pas de parler d'un nuage, rapporta Uli tout excité. Et le nuage, il est empoisonné. Je n'ai pas bien compris pourquoi.

La musique était si forte que Janna-Berta arrivait à peine à le comprendre. Elle alla à la cuisine et baissa la radio.

– Je sais ce qui se passe, dit-elle.

– Il y a déjà eu ça à la télé, reprit Uli. Quelque chose avait explosé et alors...

– Seule Almut a téléphoné? l'interrompit Janna-Berta.

– Le téléphone a sonné une autre fois, mais j'étais descendu à la cave chercher des pommes de terre. Je remontais quand ça s'est arrêté.

– C'était sûrement Papa, dit Janna-Berta. Ou Maman. Pourquoi n'es-tu pas remonté en courant?

– Avec toutes les pommes de terre?

– Tu es stupide! s'écria Janna-Berta.

– On avait prévu de faire des pommes de terre râpées, répliqua Uli sur un ton de reproche.

Janna-Berta courut au téléphone et composa l'indicatif de Schweinfurt puis le numéro de Jo. Mais elle n'entendit que la sonnerie à l'autre bout du fil et son propre souffle. Elle composa ensuite le numéro d'Almut. De toute la famille, Almut était sa préférée : c'était la sœur cadette de Maman. Professeur. Mariée à Reinhard, lui aussi professeur. Ils enseignaient à Hammelburg, mais habitaient à Bad Kissingen. Personne ne répondit. Naturellement, à cette heure, Almut et Reinhard étaient encore au travail.

Janna-Berta eut un mauvais pressentiment : Hammelburg et Bad Kissingen n'étaient-elles pas aussi quelque part au sud de Fulda ?

Elle prit l'atlas dans la bibliothèque et le feuilleta rapidement jusqu'à ce qu'elle eût trouvé la bonne page.

– Je retourne râper les pommes de terre, dit Uli avant de disparaître à nouveau dans la cuisine.

Janna-Berta se pencha sur l'atlas : Hammelburg et Bad Kissingen étaient près de Grafenrheinfeld. Une vingtaine de kilomètres seulement ! Almut avait téléphoné et conseillé de descendre à la cave. N'était-elle pas elle-même dans sa cave en ce moment ? Almut attendait un enfant.

– Ils disent encore quelque chose ! cria Uli.

Il augmenta le volume de la radio.

Janna-Berta se précipita dans la cuisine.

Avec une puissance épouvantable, l'information traversa l'appartement :

« *La cellule de crise du Conseil régional de Basse-Franconie-Würzburg porte à la connaissance du public les dispositions suivantes : l'accident survenu dans la centrale nucléaire de Grafenrheinfeld a provisoirement libéré de la radioactivité. En conséquence, dans plusieurs zones proches de la centrale, des mesures de sécurité concernant la population sont inévitables. La population est instamment invitée à évacuer sans attendre les lieux suivants* * [1]... »

– Qu'est-ce qu'il dit ? demanda Uli.

– Tais-toi donc ! cria Janna-Berta.

Elle entendit le mot Schweinfurt. Bad Kissingen et Hammelburg furent aussi citées, suivies de toute une série d'autres localités. Elle baissa le volume. Sur le bouton étaient collés des morceaux de pomme de terre crue.

Janna-Berta écouta la suite des consignes :

« *Les propriétaires de voiture sont priés de transporter jusqu'au lieu de contrôle le plus proche leurs voisins âgés ou handicapés et les mères ayant des enfants en bas âge* [...]. »

1. Les passages en italique et marqués d'un astérisque sont tirés – avec de très légères modifications – de textes officiels concernant les dispositions à prendre en cas de catastrophe.

*« Les personnes non motorisées doivent se rendre le plus rapidement possible à l'école, au gymnase, à la salle polyvalente, à l'église ou dans toute autre salle de réunion la plus proche et attendre qu'on vienne les chercher. Au moment de quitter votre logement, vous ne devez emporter que le strict nécessaire, à savoir *... »*

Bavière 3. Janna-Berta essaya de trouver une station hessoise. À ce moment, le bruit retentissant d'un haut-parleur se fit entendre. Uli était déjà sur le balcon. Janna-Berta le rejoignit. Ils se penchèrent par-dessus la rambarde pour suivre des yeux la voiture de police qui annonçait :

« Attention, attention, la police vous parle ! Aujourd'hui vers dix heures, un accident nucléaire d'ordre technique s'est produit à l'intérieur de la centrale de Grafenrheinfeld, près de Schweinfurt. Pour des raisons relatives à la protection de la santé, nous prions expressément la population de Schlitz et de l'ensemble du secteur du Vogelsberg de se rendre immédiatement dans un local clos et de fermer toutes les portes et les fenêtres. Éteignez les installations de climatisation et de ventilation. Ne consommez, si possible, que des produits que vous aviez en réserve chez vous, conserves en boîtes, en bocaux ou autres emballages

*étanches à la poussière ! Enfermez immédiatement vos animaux domestiques dans les maisons, les étables ou les écuries. Ne leur donnez que des denrées entreposées dans les maisons, les granges, les étables ou les écuries. Allumez votre radio ou votre téléviseur. Informez vos voisins immédiats. Ces mesures sont des mesures préventives ! Il n'y a donc aucune raison de s'inquiéter. Conservez votre calme et soyez prudents. Des informations concernant de nouvelles et éventuelles dispositions de prévention vous seront communiquées *...* »

Le haut-parleur se tut.

– Almut avait dit la même chose ! s'écria Uli. Il faut que nous descendions à la cave et que nous fermions toutes les portes et les fenêtres. Mais les autres fichent le camp !

Il désigna la petite ville à leurs pieds. Le bruit montait en écho. Des voitures s'amassaient et formaient un embouteillage au croisement des rues. Devant la Caisse d'épargne, deux voitures s'étaient heurtées. Janna-Berta entendit des cris. En direction de Lauterbach, un carambolage avait eu lieu. Les voitures contournaient les lieux des accidents, empruntant même les trottoirs. Mais c'était la route du nord qui était le plus encombrée. Manifestement, beaucoup de gens essayaient de gagner l'autoroute Kassel-Würzburg.

En face du garage, les Soltau montaient dans leur voiture bourrée de bagages. La vieille Mme Geibert était assise sur le siège arrière, calée entre des sacs et des cartons. Mme Soltau passa la tête par la portière latérale.

– Vous n'avez pas l'intention de rester ici ? leur cria-t-elle. Le machin peut être ici à tout moment !

Janna-Berta entendit M. Soltau hurler :

– Ferme ta vitre !

Mme Soltau rentra la tête, la vitre se referma, et la voiture se mit à descendre la pente pour disparaître derrière le mur de soutènement.

– Pourquoi s'en vont-ils ? demanda Uli.

– Ils ont peur, répondit Janna-Berta.

– Nous aussi ? demanda à nouveau Uli.

Janna-Berta avala sa salive.

– Non, dit-elle en évitant de le regarder.

Elle essaya de réfléchir à leur situation. Ils n'avaient que des vélos. Pouvaient-ils à vélo échapper au vent du sud-est ? Elle observa les branches du mélèze, dans le jardin voisin. Leur balancement indiquait que le vent n'avait pas faibli. Mais peut-être avait-il tourné ? Elle leva son mouchoir, qui se mit à flotter vers le nord-ouest. Un peu plus vers le nord que vers l'ouest.

– Est-ce qu'on reste ici ou est-ce qu'on part ? insista Uli. Si on reste, je finis de râper les pommes de terre. J'ai faim...

Almut avait conseillé de descendre à la cave, et la police aussi. La cave à provisions des grands-parents était probablement le meilleur endroit. Elle était à l'arrière de la maison, enfoncée dans le flanc de la colline. Mamie Berta y avait emmagasiné des rangées entières de boîtes de conserve, de bocaux de légumes et de confitures, mais aussi des quantités incalculables de boîtes de lait en poudre, de paquets de farine, de sucre, de nouilles, de tout ce qui se mange et se garde. Papy Hans-Georg affirmait qu'elle souffrait du complexe de l'écureuil. Et Papa avait un jour expliqué à Janna-Berta que sa mère avait pris cette habitude de stockage pendant la dernière guerre mondiale.

Janna-Berta jeta un coup d'œil à sa montre. Midi deux. Depuis qu'elle avait quitté le lycée, soixante-trois minutes s'étaient écoulées.

– Nous allons rester ici, dit-elle sur un ton convaincu. À la cave.

Uli hocha la tête en signe d'approbation et voulut retourner à la cuisine, mais sa sœur lui expliqua que ce n'était plus le moment de râper des pommes de terre. Il fallait rassembler les couverts et la vaisselle et emporter le tout à la cave. Elle courut fermer les portes et les fenêtres de toute la maison. Le local à provisions de Mamie Berta n'avait pas de soupirail, tout juste une ouverture qui donnait sur les caves des voisins. Elle en ferma soigneusement le vitrage.

Dans la cuisine, Uli avait remis la radio à fond. Un nouveau message retentit jusqu'à la cave : « *À tous les habitants du nord de la Bavière et de l'est de la Hesse : vous êtes priés de ne pas quitter votre lieu d'habitation tant que les autorités compétentes ne vous y auront pas invités ! Toutes les zones dangereuses seront évacuées. Les personnes qui partent sans y avoir été invitées gênent le déroulement normal de la circulation et donc les mesures d'évacuation. Les forces de police ont reçu l'ordre d'agir avec énergie contre toute transgression, de façon à libérer les voies de communication nécessaires à une bonne évacuation. Le calme est le premier devoir du citoyen. Agissez dans un esprit de responsabilité* !* »

– Éteins ! cria Janna-Berta, sinon nous n'entendrons pas le téléphone sonner !

Uli éteignit la radio, se couvrit la tête d'un saladier et descendit à la cave avec une marmite pleine de couteaux, de fourchettes et de cuillères. Janna-Berta se précipita dans la chambre d'Uli, prit dans l'armoire des jeans, du linge de corps, des T-shirts, deux pull-overs qu'elle fourra dans un grand sac en plastique. Elle déplia le lit de son frère, en sortit la couette et l'oreiller et emporta le tout jusqu'à la porte de la cave. Puis elle remonta l'escalier en courant et descendit le matelas d'Uli. De quoi d'autre pouvaient-ils avoir besoin ? De bougies ? Oui. Une panne d'électricité était à prévoir. De quelques livres : le *Memory* et le *Malefiz*. De jouets pour Uli, surtout son ours en peluche. Sans lui, il refusait de dormir. De l'eau... quelle eau ?

Tout essoufflée, elle alla chercher sa propre literie.

– Et quand on aura envie ? cria Uli du fond de la cave.

Il traînait son matelas à côté de la caisse de pommes de terre de Mamie Berta.

Janna-Berta n'y avait pas encore pensé. Pourraient-ils monter dans l'appartement ? Ou fallait-il qu'elle descende un seau avec un couvercle ? Supporteraient-ils les mauvaises odeurs ? À cet instant, le téléphone sonna. Janna-Berta se précipita dans la salle de séjour. C'était Mme Jordan, la voisine.

– Vous êtes tout seuls ? demanda-t-elle. Mon Dieu ! Je vous ai vus sur le balcon. Nous partons. Venez, nous avons encore de la place.

– Non, dit Janna-Berta. Il faut que nous restions. Nous nous installons à la cave.

– Vos parents sont d'accord ? fit Mme Jordan. Ils prennent leurs responsabilités !

Elle raccrocha.

La voilà vexée, pensa Janna-Berta.

Elle était dans l'escalier quand le téléphone se remit à sonner. C'était Maman.

– Janna-Berta ! dit-elle avec une voix inhabituelle. C'est toi ? Dieu merci ! J'ai déjà appelé deux fois, mais personne ne décrochait.

– Je viens seulement d'arriver à la maison. Il faut vraiment que nous restions à la cave ? Tous les autres sont en train de partir !

– Non ! s'écria Maman, pas à la cave, vous n'y serez pas en sécurité ! Ça rentre partout ! Il faut que vous vous en alliez le plus vite possible. Partez avec les Soltau...

– Trop tard, ils ne sont plus là, dit Janna-Berta.

– ... ou avec les Jordan, les Hofmann ou bien les Manholt ! Appelle-les et demande-leur de vous emmener. Ils le feront sûrement ! Ils ne savent pas que vous êtes seuls à la maison, sinon ils seraient déjà venus vous chercher.

– D'accord, Maman, je les appelle. Et où allons-nous vous retrouver ?

– Prends le carnet vert sur mon bureau. Il y a toutes les adresses et tous les numéros de téléphone. Helga à Hambourg sera le premier point de contact, tu entends? Et emporte de l'argent. Il y en a dans le tiroir de gauche du bureau! Maintenant, vas-y, il faut que vous partiez! Je n'ai presque plus de monnaie.

– Tu n'appelles pas de chez Jo? s'étonna Janna-Berta.

– Nous sommes à la gare dans l'attente d'être évacués. Ils ont mis des trains spéciaux en place. Nous allons partir avec le prochain ou celui d'après.

Janna-Berta entendit Kai pleurer.

– Et Papa?

Janna-Berta sentit son cœur battre plus fort.

– Il était à son congrès quand c'est arrivé, répondit rapidement sa mère. Ici, il ne peut pas nous rejoindre. Il est sûrement parti depuis longtemps.

– Et Jo? demanda Janna-Berta.

– Ne pose pas tant de questions, nous n'avons pas le temps! s'écria Maman avec une drôle de voix. Jo est quelque part avec la Croix-Rouge. Ils l'ont appelée juste après l'alerte. Ici, tout est sens dessus dessous...

– Mais le nuage est déjà depuis longtemps au-dessus de vous! répliqua Janna-Berta.

– Partez! cria Maman. Pour l'amour du ciel, partez!...

À cet instant, la communication s'interrompit. Janna-Berta tint un moment le combiné contre son oreille, puis elle raccrocha.

– Alors ? demanda Uli, qui c'était ?

– Maman, dit Janna-Berta. Ils vont bien. Elle dit qu'il ne faut pas que nous restions à la cave. Il faut que nous partions avec quelqu'un.

Elle sortit sur le balcon et se pencha pardessus la rambarde. Les Jordan étaient partis. Soulagée, elle revint au téléphone et appela les Manholt. Mais personne ne décrocha.

– À quoi ça sert d'avoir descendu tout ce fourbi ? demanda Uli, mécontent.

Janna-Berta fit le numéro des Hofmann. Tina Hofmann lui répondit. Elles avaient été amies à l'école élémentaire.

– Nous restons ici, dit Tina. À la cave. Venez donc chez nous ! Est-ce que tu veux parler à Maman ?

Mais Janna-Berta n'avait pas envie de parler à la mère de Tina. Elle lui dit rapidement au revoir et laissa retomber le combiné.

– Nous allons partir tout seuls, dit-elle d'un ton décidé. À vélo.

Le visage d'Uli s'illumina. Il aimait bien le vélo. Janna-Berta l'envoya à la cave chercher le sac en plastique plein de vêtements et lui fit mettre son anorak. Elle renversa son cartable, y fourra un pantalon, un T-shirt et un peu de linge de corps, puis elle prit dans le réfrigérateur un pain non entamé et du fromage. Dans la poche de devant fermée par une fermeture Éclair, elle mit le porte-monnaie et le carnet d'adresses de Maman. Comme Uli tenait son ours en peluche dans ses bras, d'un air décidé, elle hocha la tête, résignée. Uli ne partirait pas sans son ours. Elle ferma rapidement la porte-fenêtre, prit son anorak et ils sortirent de la maison.

Dans le garage, Janna-Berta coinça le sac en plastique, l'ours et l'anorak sur le porte-bagages du vélo d'Uli et le cartable sur le sien, puis ils démarrèrent.

– Reste toujours bien derrière moi! lui cria-t-elle.

Elle jeta un coup d'œil à sa montre. Midi quarante-quatre. Il n'y avait pas deux heures que l'alerte avait été donnée, mais elle avait l'impression d'avoir vécu une éternité.

Ils avaient à peine quitté le chemin pentu qui débouchait dans la rue voisine quand Uli s'écria :

– Et qui va donner à manger à Coco?

Coco était la perruche de Papy Hans-Georg. Sa cage était accrochée dans le séjour des grands-parents. Uli leur avait fermement promis de nourrir et de soigner l'oiseau pendant leur voyage à Majorque. Il l'avait fait consciencieusement jusqu'à présent.

– Personne, répliqua Janna-Berta. On s'en fiche maintenant.

– Non, on ne s'en fiche pas ! cria Uli avec colère.

Et déjà il avait freiné, sauté à bas du vélo et fait demi-tour.

– Reste ici ! ordonna Janna-Berta.

Elle le rattrapa et se mit à l'enguirlander :

– Tu restes derrière moi, tu m'entends ! Tu n'as donc pas compris, espèce d'idiot !

Uli éclata en sanglots. Mais il remonta sur son vélo et la suivit.

CHAPITRE III

Ils traversèrent avec peine la rue de la gare. En direction du sud, la chaussée était presque vide. En revanche, dans l'autre sens, les véhicules se succédaient sans interruption.

Ce n'était pas facile de longer la file de voitures. Les automobilistes ne faisaient rien pour éviter les cyclistes. Sur leur gauche, d'autres conducteurs les doublaient à grands coups de klaxon. Janna-Berta fit passer Uli devant elle pour le surveiller.

Ils arrivèrent à Hutzdorf, juste après Schlitz. Ils y connaissaient beaucoup de gens. Des enfants les appelaient par les vitres ouvertes des voitures :

– Ohé, Janna-Berta ! Ohé, Uli !

Les Heimbach, les Eggeling, les Schmidt, les Trettner les dépassèrent.

– Janna-Berta ! cria Mme Trettner. Où

sont vos parents? Vous ne pouvez pas tout seuls...

Puis ils disparurent.

Le dentiste, l'aimable employé de la Caisse d'épargne, la vendeuse de la boucherie, qui donnait toujours une tranche de saucisson à Uli et à Kai quand Maman achetait sa viande, les dépassèrent. La maîtresse d'Uli leur fit des signes. Certains regardaient ailleurs quand ils les reconnaissaient, d'autres haussaient les épaules en signe de regret. Ils n'avaient plus de place. Les voitures étaient remplies jusqu'au toit.

Une double file d'autos faisait la queue devant une station-service. Le soleil brillait dans un ciel sans nuages. Il faisait presque aussi chaud qu'en été. Uli se plaignit d'avoir soif. Entre Hutzdorf et Queck, Janna-Berta le laissa prendre de l'eau dans une mare et la boire. Que l'eau fût propre ou non, qu'est-ce que ça pouvait faire désormais? Recueillant l'eau dans le creux de leurs mains, ils burent et se mouillèrent le visage.

– Allez, dépêche-toi! dit Janna-Berta, impatiente.

– Mais je ne vois pas encore de nuage, répliqua Uli.

Il remonta à regret sur son vélo.

Les voitures se suivaient pare-chocs contre

pare-chocs. Un hélicoptère de la police survolait la route. Les autoradios bourdonnaient à travers les vitres fermées.

Janna-Berta remarqua une vieille Golf avec une chaise percée amarrée sur la galerie. Mamie Berta avait utilisé la même quand elle avait été à l'hôpital. Elle essaya de jeter un coup d'œil à l'intérieur, mais les vitres faisaient des reflets, et la voiture roulait trop vite.

Queck, Rimbach, Oberwegfurth : de petits villages dans un paysage paisible. Dans la vallée de la Fulda, la route était plate, on y roulait agréablement. Mais, dès Rimbach, Uli commença à être fatigué. Janna-Berta était sans arrêt obligée de le presser. Il était une heure vingt-cinq.

– Il faut que je me repose, supplia Uli. J'ai tellement mal aux mollets. Et puis j'ai faim.

Janna-Berta le força à continuer jusqu'à ce qu'il se mette à pleurer. Ils n'avaient même pas parcouru la moitié de la distance qui les séparait de Bad Hersfeld. Là, ils auraient la possibilité de prendre le train pour Hambourg, où vivait Helga, la sœur de Papa.

– Tu n'es qu'un pleurnichard ! lui lança Janna-Berta.

Mais, quelques instants plus tard, elle

l'autorisa à se reposer cinq minutes. Uli sauta de son vélo, le jeta dans l'herbe et se laissa tomber par terre. Elle déballa le pain et le fromage et lui en tendit. Il avala l'un et l'autre sous le regard impatient de sa sœur, restée debout à côté de lui.

– Dépêche-toi ! le pressa-t-elle.

Les cheveux hirsutes, le visage maculé de sueur et de poussière, il donnait l'impression de vouloir s'endormir sur-le-champ.

Janna-Berta regarda le ciel vers le sud. Puis elle se rendit compte que, soudain, les voitures roulaient plus lentement.

– Un embouteillage, dit Uli.

– Viens, s'écria Janna-Berta, maintenant, ça va être nous les plus rapides ! Ils vont en faire une tête en nous voyant passer sur nos vélos !

L'idée enthousiasma Uli. Il s'élança sur sa bicyclette et appuya avec entrain sur les pédales. Janna-Berta avait du mal à le suivre. Il souriait avec fierté en voyant les visages derrière les vitres des voitures. La colonne avançait de plus en plus lentement, pour finalement ne plus rouler qu'au pas. Une mère grondait un garçon de l'âge d'Uli qui faisait pipi par la portière ouverte. Un conducteur en menaçait un autre qui l'avait dépassé. Une femme descendit brusquement sa vitre et, indiquant la direction du sud, cria :

– Là-bas, là-bas ! ça vient !

Puis elle affirma qu'il y avait une drôle d'odeur. Des nourrissons piaillaient, des femmes serraient leurs enfants sur leur poitrine. Dans une voiture, des gens priaient.

À l'approche du village d'Oberwegfurth, la colonne reprit de la vitesse : des voitures quittaient la file sur la droite pour traverser le pont de la Fulda et reprendre ensuite la direction du nord. Janna-Berta connaissait parfaitement la vallée. Elle faisait partie des éclaireurs de Bad Hersfeld. Depuis deux ans, tous les vendredis après-midi, elle parcourait ce chemin en car et même à bicyclette.

– Est-ce que nous aussi, on passe par le pont ? demanda Uli.

Janna-Berta lui répondit que non. De l'autre côté de la vallée, la route du nord était très étroite. Les autos les obligeraient à rouler dans le fossé.

Sur la route du Schlitzerland, deux colonnes s'étaient maintenant formées, qui avançaient parallèlement à la vitesse d'un tracteur. Il n'y avait plus de circulation en sens inverse. Qui serait allé à la rencontre du nuage ?

Les enfants rattrapèrent la chaise percée qui, cette fois, était posée sur le bord de la route. Une vieille femme en robe de chambre à fleurs était assise dessus ; une femme plus jeune se penchait sur elle et tentait de la protéger du regard des curieux. La vieille femme geignait.

Entre Oberwegfurth et Unterwegfurth, l'ours d'Uli tomba du porte-bagages. Janna-Berta mit un moment à le refixer. Elle maudit intérieurement l'animal en peluche au sourire grimaçant.

Puis le pont de l'autoroute qui franchit la vallée de la Fulda apparut. Mais Janna-Berta et Uli ne regardaient pas de ce côté-là, occupés à reconnaître les voitures qui, un bon moment auparavant, les avaient doublés comme des bolides. Juste après Unterwegfurth, ils dépassèrent le propriétaire du supermarché, la maîtresse d'Uli, la vendeuse de la boucherie.

– Vous êtes partis tout seuls ? demanda l'institutrice à travers l'étroite fente de sa vitre.

Comme Uli hochait la tête, elle leur cria :

– Venez ! En vous asseyant sur les valises et en baissant la tête, ça devrait aller !

– Non, répliqua Uli. Nous avançons plus vite comme ça !

À l'endroit où la route quittait la campagne de Schlitz pour déboucher sur la route fédérale 62, Janna-Berta comprit pourquoi la circulation était si dense : la double file de voitures s'arrêtait là, formant un bouchon avant l'entrée de l'autoroute. Comme elle levait les yeux vers le pont de l'autoroute, elle découvrit que l'on n'y roulait plus que dans un sens : en direction de Würzburg, par Fulda et Schweinfurt, le flot de véhicules se traînait à contre-sens.

Quelques policiers essayaient d'organiser les choses. Mais rares étaient les conducteurs qui suivaient leurs indications. Les agents qui gesticulaient d'une voiture à l'autre en lançant des invectives avaient l'air ridicule.

À l'entrée de l'autoroute, la circulation était pratiquement arrêtée. Les voitures roulaient au pas et ne laissaient que rarement passer celui qui voulait entrer sur l'autoroute.

Sur la bretelle, le chaos allait s'aggravant. Une femme, au volant d'une petite Fiat en rade sur le côté, criait désespérément. Sur le siège arrière, trois enfants hurlaient avec elle. Deux voitures qui s'étaient accrochées avaient été abandonnées là par leurs propriétaires. Il fallait donc contourner ces épaves pour entrer sur l'autoroute.

Uli s'arrêta pour jouer les badauds. Comme Janna-Berta voulait le faire avancer, il se mit en colère.

– Tu aperçois peut-être un nuage? cria-t-il. Laisse-moi tranquille!

– Le poison est invisible, dit sa sœur.

Uli leva un regard soupçonneux vers le ciel, puis il enfourcha son vélo et ils continuèrent leur route.

Janna-Berta ne quittait pas Uli des yeux. Il avançait de plus en plus lentement et zigzaguait dangereusement. Il lui faisait pitié. Comme il transpirait ! La brise était maintenant plus légère, il faisait lourd. Uli avait sa chemise trempée sous les aisselles et dans le dos. Depuis longtemps déjà, il avait coincé son anorak sur son porte-bagages.

Un peu avant d'arriver à Niederaula, Janna-Berta vit les gens se pencher par les portières. Ils se criaient la dernière et terrifiante nouvelle : au sud, un orage se levait qui allait les rattraper. Et, en même temps, la radio annonçait que toute la zone probable des retombées, qui s'étendait sur une cinquantaine de kilomètres entre Grafenrheinfeld et Bad Hersfeld, allait être évacuée. Il s'agissait d'une simple mesure de prudence afin de prévenir tout risque.

– Le voilà, ton nuage ! s'écria Uli en montrant le ciel. On le voit *bien* !

Janna-Berta prenait conscience de la situation.

– De simples mesures de prudence ? dit

un jeune homme. Laissez-moi rire ! Il est probable que leur machin nous a rattrapés depuis longtemps.

– Je ne crois plus à rien ! s'écria une femme assise sur la remorque d'un tracteur.

Elle avait autour d'elle plusieurs enfants juchés sur une montagne de bagages. Comme l'attelage passait près de Janna-Berta et d'Uli, la femme leur cria :

– Vous êtes tout seuls ? Montez, il y a encore de la place pour deux !

Janna-Berta remercia et fit non de la tête. Dans la situation présente, ils étaient mieux sur leurs vélos.

Niederaula donnait l'impression d'une fourmilière que l'on vient de tirer de sa quiétude. Partout, dans les rues latérales, on chargeait des bagages dans les voitures, des hommes fixaient des galeries, des enfants au comble de l'excitation couraient tout autour.

Soudain Uli poussa un cri : dans un jardin un homme abattait un colley.

À la sortie de la localité, une file de voitures s'était formée sur le trottoir, avant le poste d'essence. Janna-Berta et Uli durent mettre pied à terre pour passer. Devant la pompe, deux hommes se battaient.

Quatorze heures huit. Il y avait encore deux villages et une grande ferme entre Niederaula et Bad Hersfeld. Janna-Berta encourageait Uli à continuer, sans trop y croire. Elle serait peut-être obligée de le prendre sur son porte-bagages. Plus tard, dans le train, il pourrait dormir tout son soûl.

– Tu te débrouilles beaucoup mieux que je ne l'aurais imaginé ! lui cria-t-elle. Je n'aurais pas cru que tu puisses parcourir une telle distance.

Elle disait la vérité. Il était petit pour son âge, et souvent malade. Mais il était très volontaire.

– Bof ! dit-il en appuyant plus fort sur les pédales.

L'espoir de Janna-Berta augmenta. On distinguait déjà au loin les premières maisons de Bad Hersfeld. Elle se retourna : à l'horizon, le ciel s'était assombri.

– À supposer qu'on y ait échappé, hurla un passager par-dessus l'épaule d'un motocycliste, l'orage ne nous ratera pas ! C'est clair !

À l'entrée de Beiershausen, les voitures qui les doublaient roulaient à faible vitesse. Les motos se faufilaient en empruntant les chemins de terre, et fonçaient parmi les prés et les champs.

Des hommes poussaient une voiture en panne dans le fossé, malgré les protestations du propriétaire.

– Rien qu'un litre! criait-il désespérément. Un litre pour que j'arrive à la pompe!

La chaussée débarrassée de l'obstacle, les hommes poursuivirent leur route sans un regard pour les deux vieilles dames restées à l'intérieur du véhicule devenu inutile.

Janna-Berta pensa à sa mère et à Kai. Étaient-ils déjà dans le train? Et Jo? Dans sa tenue blanche d'infirmière, avec son brassard de la Croix-Rouge, elle oubliait sûrement de veiller à sa propre sécurité.

Janna-Berta se remémora une manifestation qui avait eu lieu à Biblis. Une habitante de la ville s'était moquée des manifestants. Maman lui avait alors crié : « Et le jour où la grande mort vous tombera dessus, vous continuerez à attendre comme ça, le nez à la fenêtre? »

La grande mort. Janna-Berta essaya de l'imaginer. Elle avait vu des photos d'Hiroshima. Elle avait entendu parler de perte des cheveux, d'hémorragies, de leucémie et d'envies de vomir interminables. De toutes ces horreurs, la perte des cheveux lui semblait la plus terrible : devoir s'exposer avec une tête chauve aux regards curieux et compatissants!

Jo était-elle en ce moment au centre de la grande mort? Les gens mouraient-ils dans ses bras? Elle-même n'était-elle pas en train de mourir? Janna-Berta essaya d'imaginer une pierre tombale avec l'inscription JOHANNA HELBERT. Ou JO HELBERT? Ou JANNA HELBERT?

Quand Jo était encore très jeune, elle avait eu un ami. Il l'appelait Janna. C'était son premier ami. Ils avaient projeté de se marier après la guerre, mais, le dernier mois, en mai 45, il avait été tué.

Non, l'imagination de Janna-Berta refusait ces choses. Elle essaya de chasser Jo de ses pensées.

Au sud, les nuages d'orage s'amoncelaient. Menaçants au-dessus des toits de Niederaula.

– Regarde, là-bas, ça brûle!

Uli montrait le prochain village, Asbach, au-dessus duquel s'élevait une fumée gris-marron. Il se mit à rouler plus vite.

Une double file, qui traversait le village pour atteindre l'autre côté de la vallée, formait un bouchon juste avant le croisement où cinq véhicules s'étaient carambolés. Il y avait parmi eux un car avec une remorque qui brûlait. Sur le trottoir, de chaque côté du carrefour, les occupants des voitures gesticulaient et criaient tous en même temps. Janna-Berta comprit que le chauffeur du car avait essayé de forcer le passage. L'autocar en flammes était à présent en travers de la route et barrait presque tout le passage. Les enfants avaient le visage en feu à cause de la chaleur. Ça puait la peinture et le caoutchouc brûlés, et les passagers du car apeurés se tenaient sur le bord de la route.

Embouteillage sur la grand-route, embouteillage sur la route adjacente. Uli se boucha les oreilles pour ne pas entendre le concert de klaxons. Les jambes écartées, assis sur le cadre de son vélo, il regardait fixement les flammes.

– Il faut que nous continuions, dit Janna-Berta en jetant un regard par-dessus son épaule.

Venant de Bad Hersfeld, une voiture de police vert et blanc arrivait. Personne ne s'écartait. Elle devait raser le bord de la chaussée. Elle freina juste avant l'embouteillage du carrefour et se mit en travers. Trois policiers en sortirent précipitamment. L'un tenait un mégaphone devant sa bouche :

– La route fédérale 62 est interdite à toute circulation d'ici à Bad Hersfeld. La ville va être évacuée !

– Nous allons à la gare ! cria quelqu'un.

– C'est inutile ! hurla le policier dans son mégaphone. En ville, c'est la panique. Impossible de circuler, y compris sur les déviations.

– Tout ça, c'est du bluff! s'écria un homme. Des histoires!

– Et où faut-il que nous allions, s'il vous plaît? l'interrogea une femme d'une voix perçante.

– Personne ne passe! hurla le policier dans son mégaphone.

– C'est ce qu'on verra, répliqua un conducteur en fonçant droit sur le policier.

Janna-Berta vit le policier tirer son revolver.

– Viens, dit-elle à Uli. Nous allons essayer de prendre un chemin de campagne.

Ils roulaient sur un étroit chemin à l'orée du village quand ils entendirent des coups de feu et des cris.

– Ils tuent quelqu'un? demanda Uli pardessus son épaule.

– Ils se sont sûrement contentés de tirer en l'air.

Janna-Berta jeta un regard vers le front orageux, demanda à Uli de s'arrêter et de remettre son anorak. Elle lui mit sa capuche sur la tête et enfila, elle aussi, son anorak.

– Qu'est-ce que ça veut dire? grogna-t-il. Je transpire déjà comme un perdu!

Mais Janna-Berta insista pour qu'il garde sa capuche sur la tête. Tout à coup, Uli déclara qu'il ne pouvait pas continuer s'il n'avait pas quelque chose à boire.

– La Fulda est là-bas devant nous, dit Janna-Berta. Tu pourras boire.

Uli garda le silence. Ne la croyait-il pas? Était-il trop épuisé pour lui répondre?

– Viens, assieds-toi sur mon porte-bagages, dit-elle.

– Et qu'est-ce que je fais de mon vélo?

– Nous allons le laisser.

– Mon vélo? Il n'en est pas question!

Il continua à pédaler.

Une fois dépassées les dernières maisons, ils arrivèrent devant un remblai de chemin de fer, parallèle à la route fédérale qui menait à Bad Hersfeld. Un étroit chemin séparait le remblai des champs.

Janna-Berta décida de prendre ce chemin.

Ils roulaient maintenant côte à côte dans l'herbe haute. Il fallait avancer lentement et prudemment. Uli ne cessait de renifler, de s'essuyer le nez et les yeux avec la manche de son anorak.

Le chemin de campagne devint de plus en plus étroit, presque invisible à cause des orties qui poussaient de chaque côté. Elles fouettaient Uli en plein visage. Il pleurait. Janna-Berta était, elle aussi, au bord des larmes. Ils descendirent de leurs vélos qu'ils laissèrent tomber par terre. Janna-Berta regrettait maintenant de ne pas être partie avec les Jordan.

Uli s'accrocha à sa sœur et elle le prit dans ses bras. Que faire? Retourner au village pour chercher un autre chemin vers le nord?

Il était presque trois heures déjà.

Ils entendirent alors un bruit de moteur de l'autre côté du remblai.

Ils relevèrent leurs vélos et entreprirent de les hisser sur le talus. Janna-Berta trébucha et glissa légèrement. Uli arriva en haut le premier.

– Janna-Berta! cria-t-il tout excité. En bas, il y a un chemin génial, presque une route!

Elle poussa son vélo jusqu'en haut du talus et vit Uli de l'autre côté des traverses sauter sur sa selle en même temps qu'elle entendait une voiture passer en contrebas. Comme elle portait son vélo par-dessus les traverses, elle aperçut l'immense champ de colza en fleur qui, derrière le remblai, lui était resté caché. Quelle lumière!

Puis elle vit Uli lever les bras en signe de triomphe, avant de descendre en roue libre de l'autre côté du talus.

– Attention! cria-t-elle. Tu ne peux pas descendre comme ça sur le ballast...

À cet instant, il partit la tête la première par-dessus son guidon et tomba sur le large chemin où une voiture débouchait à toute allure. La bicyclette sauta en l'air. L'ours en peluche fut éjecté du porte-bagages et se retrouva au pied du talus.

– Uli ! cria Janna-Berta.

Le conducteur de la voiture ne freina pas. Il y eut un bruit sourd, et le véhicule poursuivit sa course folle, soulevant un nuage de poussière.

CHAPITRE IV

Sur le remblai, Janna-Berta était pétrifiée de terreur. Le nuage de poussière s'était dissipé, et Uli gisait là, en bas. Pas loin de lui, il y avait son ours et tout près de ce dernier son vélo. Seul le guidon était tordu. La roue avant tournait encore. La tête d'Uli, enveloppée dans sa capuche, était étrangement tournée sur le côté, dans une flaque de sang qui s'élargissait à vue d'œil. Janna-Berta repoussa son vélo, descendit précipitamment le talus et s'accroupit à côté d'Uli. Elle caressa sa main qui était encore toute chaude. Elle ne se retourna pas pour regarder la file de voitures qui arrivait du village. Uli gisait là. Personne ne pouvait passer. Elle restait accroupie au milieu du chemin.

La première voiture freina. Un barbu et une femme aux cheveux blond-roux en descendirent. Les autres klaxonnaient avec colère, de plus en plus fort. La femme releva Janna-Berta.

– Vous alliez aussi à la gare de Bad Hersfeld ? demanda-t-elle.

– Monte, dit le barbu. Nous t'emmenons. Les enfants vont se pousser un peu.

– Il faut qu'Uli vienne avec nous, dit Janna-Berta.

– Uli ? s'étonna la dame. Tu veux dire...

Janna-Berta rejeta la tête en arrière et lui lança un regard méchant.

– C'est mon frère ! s'écria-t-elle.

– Tu ne peux plus rien pour lui, fit doucement le barbu.

Le concert de klaxons s'amplifiait. Un homme hurla :

– Débarrassez le chemin ou on va vous aider !

– Il faut l'emmener ! insista Janna-Berta. Il faut l'emmener !

– Ils sont en train de s'énerver ! s'impatienta le barbu.

Il jeta le vélo sur le talus, souleva Uli, fit quelques pas dans le champ de colza et l'y déposa. Quand il revint, sa chemise était pleine de sang.

– Non ! cria Janna-Berta. Non !

Elle voulut courir dans le champ de colza, mais la femme la retint. Janna-Berta essaya de se dégager en donnant des coups de poing tout autour d'elle, mais le barbu lui donna une gifle retentissante. Alors seulement elle s'effondra et se laissa porter sans résistance dans la voiture.

Effrayées, les trois petites filles se resserrèrent au fond du véhicule.

– Vite ! s'écria la femme aux cheveux blond-roux. Ils vont nous lyncher !

L'homme et la femme se précipitèrent dans la voiture, refermèrent leurs portières et reprirent la tête de la file. L'arrêt n'avait guère duré plus de trois minutes. L'un et l'autre se taisaient. Les enfants restaient muets également. Janna-Berta ne se rendait compte de rien. Ce n'est que plus tard, lorsque la voiture s'arrêta dans un pré au bord de la Fulda et que la femme fit descendre les petites filles, qu'elle leva les yeux. On devait être à Bad Hersfeld. Le tonnerre grondait.

– Il faut que tu viennes avec nous, lui dit la femme. Ici tu seras perdue.

Elle lui tendit la main, et Janna-Berta fit ce qu'on attendait d'elle. Mais elle entendait les paroles des autres comme à travers une épaisse cloison.

Le barbu sortit avec peine du coffre de la voiture un sac à dos bourré et le chargea sur son dos. Il assit à cheval sur ses épaules la deuxième petite fille, âgée d'environ cinq ans. La femme mit la plus jeune dans un porte-bébé qu'elle installa sur son dos. Elle prit l'aînée, de l'âge d'Uli ou à peu près, par la main. L'homme ferma la voiture à clé, et ils prirent la direction du centre-ville. Janna-Berta jeta un regard en arrière : elle vit entre les arbres les murs du château de la ferme du Grand Chêne. Des champs de colza resplendissaient, disséminés partout dans le paysage.

– Donne la main à Susanne, lui cria la femme, pour ne pas que nous nous perdions !

Janna-Berta donna la main à l'aînée. Elle avançait telle une somnambule. Bad Hersfeld s'étendait devant eux.

– Maintenant, il faut que tu coures un peu, dit le barbu à Susanne. Si nous n'arrivons pas assez vite à la gare, le nuage va nous rattraper.

– Mais s'il pleut, nous pouvons nous mettre à l'abri, fit observer la fillette hors d'haleine.

La femme regarda son mari et dit :

– Tu as raison, Susanne. Mais si nous sommes mouillés, nous risquons d'attraper un rhume.

L'homme fit non de la tête et, un court instant, donna l'impression de vouloir la contredire. Mais il se contenta de dire :

– Viens, Susanne, cours un petit peu !

Susanne éclata en sanglots, et la petite sur les épaules de son père se mit elle aussi à pleurer fort.

Ils continuèrent leur chemin au pas de course.

– Est-ce que tu connais bien Bad Hersfeld ? demanda la femme.

Janna-Berta hocha la tête.

– Elle connaît bien la ville ! cria la dame à son mari qui marchait à quelques pas derrière elles. Dieu merci !

Puis, se tournant vers Janna-Berta, elle ordonna :

– À la gare, tu entends ? Par le plus court chemin. Ils commenceront par évacuer les gens de Bad Hersfeld, mais nous dirons tout simplement que nous sommes d'ici. De toute façon, dans la pagaille, personne ne peut contrôler et, avec quatre enfants, ils ne poseront pas beaucoup de questions.

– *Quatre ?* s'étonna le barbu.

– Tu ne piges donc pas ? cria la femme. C'est notre fille aînée.

– Naturellement... fit l'homme.

– Si on t'interroge, dit la femme à Janna-Berta, nous sommes les Heubler de Bad Hersfeld. Et appelle-nous Maman et Papa.

– Non, dit Janna-Berta.

– Ce n'est pas pour de vrai, dit la femme en continuant à courir. C'est juste pour pouvoir partir plus vite. C'est aussi pour *ton* bien.

Janna-Berta secoua la tête.

– Bon, d'accord, s'impatienta la femme, alors appelle-le Bert et moi Marianne. Et elles, c'est Susanne, Nina et Annika.

Elle hocha la tête en signe d'acquiescement, mais elle était ailleurs.

– Et toi ? demanda la femme. Comment t'appelles-tu ?

– Uli, dit Janna-Berta.

– Uli ? Ulrike ? Bon, Uli Heubler, en tout cas jusqu'à ce que nous soyons dans le train.

Janna-Berta se retourna. L'orage menaçait, recouvrant le paysage vert et printanier. Le tonnerre grondait.

– Ne te retourne pas sans arrêt ! lui cria Bert Heubler. Tu fais peur aux enfants.

Janna-Berta obéit et regarda à nouveau devant elle. Elle ne connaissait pas bien non plus ces quartiers extérieurs de la ville. Mais elle vit la tour en ruine du monastère dépasser des maisons. Deux ans auparavant, alors qu'elle était encore novice chez les éclaireurs, elle s'était toujours orientée grâce à cette tour. Passant devant des rangées de pavillons et des jardins avec leurs petites cabanes à outils, traversant des espaces verts bien soignés, elle se dirigea comme un automate vers la tour, sans se rendre compte de ce qui se passait autour d'elle. Ce n'est qu'arrivée dans le centre-ville qu'elle perçut, elle aussi, la tension fébrile qui y régnait. Des coups de klaxon impatients retentissaient de toutes parts, le hurlement des sirènes des voitures de pompiers et de police se fondait dans le vacarme général. On entendait au loin une rumeur confuse, des appels isolés, des cris ; des véhicules militaires roulaient dans les rues dans un bruit de ferraille.

Partout, on faisait des bagages, on traînait des valises, on se pressait. Plus Janna-Berta et les Heubler se rapprochaient de la gare, plus il y avait de gens qui couraient dans la même direction qu'eux, la plupart lourdement chargés. Beaucoup avaient mis leurs plus beaux vêtements, d'autres sortaient directement de leur cuisine ou de leur atelier.

Des rideaux de fer descendaient dans un bruit métallique. Certains magasins étaient déjà fermés. Une patrouille de la police fédérale des frontières surveillait la zone piétonne, assaillie par des gens qui voulaient avoir des renseignements et demandaient des conseils. Mais les hommes en uniforme se contentaient de hausser les épaules.

– Il n'y a pas de transports par autocar, dit l'un. Sur les routes, on ne roule plus. Allez à la gare. Vous avez peut-être encore une petite chance.

Devant la gare, la foule se pressait. À l'entrée principale, les gens criaient, rouspétaient, se bousculaient. Des membres de la Croix-Rouge se frayaient un chemin à travers la cohue. Des enfants pleuraient. Quelques policiers et employés des chemins de fer essayaient de maintenir l'ordre. Mais personne n'obéissait à leurs injonctions.

Janna-Berta entendit quelqu'un crier :

– Il va pleuvoir ! C'est en train de nous arriver dessus !

– Les enfants ! se lamentait une femme. Pensez donc aux enfants ! Laissez-les au moins passer !

– On n'arrivera jamais à rentrer là-dedans, dit Bert, désespéré.

Des gens affluaient de partout, se pressaient devant l'entrée principale, puis se déployaient vers la droite et la gauche pour trouver un passage. Les Heubler et Janna-Berta longèrent le bâtiment du côté nord. Devant une grille de fer et un mur en brique ajouré qui séparaient le quai du parvis de la gare, il y avait de l'agitation : plusieurs hommes désarmaient deux agents de police qui, matraque en main, avaient empêché la foule d'enfoncer le portail ou de grimper par-dessus le mur.

À présent, ce dernier était libéré. Avec des cris de triomphe, l'assaut fut donné. Les Heubler et Janna-Berta furent entraînés dans le mouvement. Janna-Berta put apercevoir, derrière le grouillement des gens qui attendaient sur le quai, la partie supérieure d'un train de voyageurs. Serrés les uns contre les autres, des gens étaient assis sur le toit des wagons.

Puis le train démarra lentement en direction du nord. Le voyant partir, certains sur le quai se mirent à crier, levèrent un poing menaçant et coururent derrière lui. Quelques jeunes gens se suspendirent aux fenêtres ouvertes.

Bert souleva Nina, la mit dans les bras de sa femme et se débarrassa de son sac à dos. Il grimpa sur le mur et demanda qu'on lui passât ses enfants l'un après l'autre. Janna-Berta grimpa aussi. Elle était bonne sportive. Marianne essaya d'escalader à son tour, mais elle était rondelette et craintive et fit des tentatives infructueuses. Son mari devait d'abord s'occuper des enfants qui, de l'autre côté du mur, étaient dans la cohue et s'agrippaient les uns aux autres en criant.

– Surveille les enfants, ordonna-t-il à Janna-Berta en lui mettant sa plus jeune fille dans les bras.

Il les poussa tous les quatre sous un

appentis puis remonta sur le mur pour aller chercher sa femme.

Des agents de la police des frontières se frayaient un chemin à travers la foule massée sur le quai et vinrent se poster au pied du mur pour empêcher les gens de monter. Janna-Berta entendit les cris de détresse, les protestations de la foule privée de tout espoir de sauvetage. Elle crut même distinguer la voix de Bert. Assise sur son bras, la petite Annika criait comme si on l'écorchait ; Nina s'agrippait à Susanne et Susanne à Janna-Berta. Sur le quai, la cohue était de plus en plus dense. Il devait y avoir d'autres passages. Annika recevait sans arrêt des coups de sac à dos et des coups d'épaule sur la tête. Janna-Berta se baissa pour protéger l'enfant. Nina et Susanne s'accroupirent aussi, le dos contre le mur, les genoux sous le menton. Une femme trébucha sur elles et tomba sur Janna-Berta. Celle-ci jeta un regard désespéré vers le haut du mur. Les Heubler allaient-ils enfin arriver ? Les hommes en uniforme les empêchaient-ils de passer ?

Tout près de Janna-Berta, un cheminot se frayait avec peine un chemin à travers la foule. Les gens l'assaillaient de questions.

– L'Intercity de Munich ? répondit-il à une femme. Ouais, vous en avez de bonnes, vous!... À Hünfeld, la voie est bloquée : un Intercity est rentré dans un autorail. En outre, ils ont établi une zone d'interdiction tout autour de Schweinfurt. Plus aucun train ne traverse cette région. Tout est gravement contaminé.

– Et nous? s'écrièrent plusieurs personnes en même temps.

– Ils nous envoient des trains de Bebra, répondit-il tout en essayant de poursuivre son chemin. Le prochain arrive dans quelques instants.

– Mon mari est handicapé moteur! se lamenta une femme en retenant l'employé par la manche. Je l'ai amené jusque devant la gare. Comment puis-je lui faire traverser la foule?

L'homme haussa les épaules, se dégagea et cria :

– Il faut conserver votre calme, sinon on ne pourra plus bouger!

Ces nouvelles informations se répandirent sur le quai comme une traînée de poudre. Janna-Berta pensa à sa mère. Et à Kai qui n'était pas beaucoup plus âgé qu'Annika. Avaient-ils réussi à partir à temps ou étaient-ils pris au piège? Et Jo?

Soudain, tous les gens se retournèrent vers le nord : un train de marchandises entrait à reculons dans la gare. La foule s'ébranla en direction du train. Janna-Berta et les enfants furent arrachés du mur derrière lequel les cris étaient à leur comble. Pendant qu'on l'entraînait vers le train, elle cria par-dessus le mur :

– Venez vite, s'il vous plaît, venez vite !

Elle essaya de se souvenir du nom de famille des trois fillettes.

– S'il vous plaît !

Dans l'enceinte de la gare, les hommes de la police des frontières, arc-boutés, résistaient à la poussée de la multitude des gens restés à l'extérieur. Les enfants criaient de frayeur. Ils étaient bousculés et recevaient des coups.

– Accrochez-vous à moi ! cria Janna-Berta. Ne me lâchez pas ! Maman et Papa arrivent tout de suite.

Nina disparut la première. Ses cris de détresse se perdirent dans la foule. Elle n'entendit plus qu'un cri perçant :

– Susanne !

Puis Susanne la lâcha à son tour : elle fut engloutie au milieu des valises, des jambes et des jupes. Janna-Berta serra Annika contre elle, cria le nom des enfants en tentant de résister à la cohue. Elle reçut des coups et essuya des injures. Elle tenait à peine sur ses jambes.

La foule sur le parvis criait en chœur :

– Ho ! hisse ! Ho ! hisse !

Alors, le portail s'ouvrit d'un seul coup, enfoncé. La masse s'engouffra dans la brèche, piétinant ceux qui se trouvaient sur son passage. Janna-Berta réussit à se protéger en se réfugiant de nouveau au pied du mur. Les Heubler la rejoignirent en courant. Elle luttait encore pour retrouver sa respiration quand elle laissa glisser Annika dans les bras de Bert.

– Et les autres ? cria Marianne. Et les autres ?

Janna-Berta désigna sans un mot le chaos et la mère des petites filles fondit en larmes. Une grimace déforma son visage. Elle saisit Janna-Berta par les épaules et la secoua.

– Espèce de... ! Espèce de... ! hurla-t-elle d'une voix aiguë.

Janna-Berta partit d'un grand éclat de rire : un rire dément. Impossible de s'arrêter. Bouleversée, elle trébucha sur des valises, des sacs et des enfants, remonta péniblement le courant et franchit la brèche du mur. Des véhicules blindés prenaient justement position sur le parvis. Un hélicoptère approchait en pétaradant et tourna au-dessus de la gare. Des coups de feu retentirent quelque part dans la ville.

Indifférente à la direction qu'elle prenait, Janna-Berta s'enfuyait en courant. Son rire désespéré s'abîmait dans les grondements mêlés de l'hélicoptère et du tonnerre. Elle courait pour se jeter dans les ténèbres qui désormais dominaient le ciel tout entier, sous les premières gouttes de pluie.

CHAPITRE V

Instinctivement, Janna-Berta avait pris la direction du sud. Personne n'allait par là. En revanche, d'innombrables visages ravagés par la peur venaient à sa rencontre. Des morceaux de papier tourbillonnaient en l'air, les arbres se pliaient en gémissant sous la tempête. Les longs cheveux clairs de Janna-Berta flottaient au vent.

Elle ne voyait devant elle que le champ de colza. Elle courait vers ce champ jaune et lumineux sous le front noir des nuages. En ce moment, Uli était sûrement blotti, hagard, au milieu du colza, abandonné, comme Coco dans l'appartement des grands-parents. Il pleurait certainement et l'appelait, complètement apeuré à la vue de ce ciel noir et contaminé. Comment avait-elle pu s'éloigner de lui alors que Maman comptait sur elle ?

Au milieu des éclairs et de puissants coups de tonnerre, l'orage faisait rage au-dessus de la ville, au-dessus du chaos, au-dessus des fuyards qui cherchaient un abri pour se protéger de la pluie contaminée.

Seule Janna-Berta ne tentait pas de se protéger. Le champ de colza, le champ de colza !

– N'aie pas peur, Uli ! criait-elle sous la pluie. N'aie pas peur, j'arrive !

C'était un gros orage. Il tombait une pluie diluvienne. L'eau gargouillait à chaque pas dans ses chaussures, ses cheveux collaient sur son crâne, les gouttes lui coulaient dans les yeux et dans la bouche.

Elle arriva sur un grand pont où les voitures s'étaient immobilisées. La pluie tambourinait sur le toit des véhicules. Les vitres étaient fermées et couvertes de buée, rendant invisible le visage des occupants. Janna-Berta était le seul piéton. À son approche, un automobiliste klaxonna, quelqu'un essuya une vitre et fit de grands gestes dans sa direction. Mais elle ne voulait pas perdre de temps. Il fallait qu'elle aille jusqu'au champ de colza, qu'elle retrouve Uli. L'étendue jaune lui paraissait trop éloignée. Elle essaya de courir plus vite. Sans le savoir, elle se rapprochait de l'autoroute.

Il pleuvait tellement qu'elle n'arrivait pas à lire les indications sur les panneaux. Mais elle n'en avait cure. Elle voyait distinctement le champ de colza devant elle. Pourtant, il restait toujours aussi éloigné.

Puis le ciel s'éclaircit et la pluie faiblit. Janna-Berta ne pouvait plus courir. Elle était à bout de souffle, les pieds blessés dans ses chaussures pleines d'eau. La température s'était rafraîchie. Trempée de la tête aux pieds, elle tremblait de froid. Quelqu'un lui cria d'une voiture :

– Fais demi-tour, mon enfant, tu te jettes en plein dedans !

Tout à coup, le champ de colza disparut. Elle fut prise de panique. Comment se faisait-il qu'elle ne le voie plus ? N'avait-elle pas toujours suivi la même direction ? Elle essaya de se remettre à courir, mais réussit tout juste à trébucher tant elle était fatiguée. Comme elle suivait la courbe de l'entrée sur l'autoroute, elle hésita, se rapprochant dangereusement des voitures qui, à cet endroit, roulaient plus facilement. Des coups de klaxon stridents la rejetèrent sur le bas-côté. Puis elle se retrouva sur l'autoroute. Elle se traîna sur la bande d'arrêt d'urgence, le long des barrières de sécurité, là où d'habitude aucun piéton n'avait le droit de marcher.

La circulation dans la direction d'Eisenach, à l'est, était dense, mais il n'y avait pas d'embouteillage. Janna-Berta se fichait de l'endroit où conduisait l'autoroute, pourvu qu'elle la rapprochât du champ de colza. Lorsqu'elle découvrit un téléphone d'urgence au bord de la chaussée, elle reprit espoir. Elle décrocha et tendit l'oreille.

– Maman? cria-t-elle. Papa?

Mais la voix à l'autre bout du fil lui était inconnue. Elle raccrocha et se blottit, le dos appuyé contre le support du téléphone. De temps à autre une voiture passait, qui l'éclaboussait. Indifférente, les yeux grands ouverts, elle restait prostrée. Des nappes de vapeur stagnaient au-dessus des champs. Des lambeaux de ciel bleu apparaissaient entre les nuages qui filaient.

Soudain, un minibus multicolore freina dans un crissement de pneus. Il roula sur la bande d'arrêt d'urgence et s'arrêta à côté de Janna-Berta. Une vitre se baissa. Une jeune femme avec des taches de rousseur sur le visage passa la tête par la fenêtre.

– Ohé! s'écria-t-elle, tu ne veux pas monter avec nous?

Janna-Berta ne répondit pas et leva à peine la tête. La femme aux taches de rousseur descendit et s'approcha.

– Tu ne peux pas rester comme ça, trempée ainsi, dit-elle.

– Non, murmura Janna-Berta.

– Où veux-tu aller?

– Au champ de colza.

La femme se retourna et fit signe au conducteur du minibus, un jeune homme aux longs cheveux blonds, de s'approcher.

– Regarde-moi ça, fit-elle à voix basse. La pauvre gamine est dans un fichu état.

– C'est encore une enfant, observa-t-il.

Il se pencha sur Janna-Berta et poursuivit :

– Viens avec nous. Nous t'emmènerons là où tu veux aller.

Il la prit par le bras et la fit se lever.

– Fais attention, fit la jeune femme, elle était sous la pluie. Elle doit être pleine de cette saloperie.

– Tout cela n'a plus guère d'importance, répondit-il.

Ils poussèrent Janna-Berta dans le minibus. L'air y était confiné. Elle entendit des voix, vit deux mains se tendre vers elle, des pieds entre des tas de bagages. Puis ses yeux se fermèrent. Le véhicule démarra dans un soubresaut. Elle essaya encore de se défendre contre des mains qui lui ôtaient son anorak et son T-shirt. Puis toutes ses sensations s'évanouirent, à deux exceptions près : elle avait chaud et elle était au sec. Elle s'endormit instantanément.

Quelque temps plus tard, le minibus freina brusquement. Bagages et passagers furent projetés en avant. Un sac de marin tomba sur Janna-Berta. Elle sursauta. Tout le monde parlait en même temps. Le mot « frontière » revint plusieurs fois. Janna-Berta se crut chez elle dans son lit, puis elle découvrit qu'elle portait un jean trop large et un immense T-shirt qui avait dû un jour être bleu ciel. Ses chaussettes et ses chaussures avaient aussi disparu. Ses pieds nus étaient maintenant dans des chaussures de toile usées à semelles de sisal tressé. Ces chaussures lui rappelaient des vacances passées sur la Costa Brava. Elles étaient légères et confortables, mais fragiles. Sous ses orteils, elle sentit du sable.

– Alors, lui demanda la femme aux taches de rousseur, tu retrouves tes esprits?

Janna-Berta regarda autour d'elle. Il y avait dans le fourgon six jeunes gens, trois hommes et trois femmes. Le minibus était pris dans un bouchon.

– Inutile de chercher tes fringues, lui dit-elle, nous les avons jetées par la fenêtre. Elles étaient à coup sûr contaminées.

Ils descendirent du minibus et se mirent à discuter avec les conducteurs et les passagers des autres véhicules. Seule Janna-Berta resta couchée. Dans son demi-sommeil, elle entendait les discussions et comprit de quoi il s'agissait : tous ceux qui empruntaient l'autoroute en direction d'Eisenach avaient l'intention de se réfugier à Berlin ou en République démocratique allemande [1]. Mais, une heure plus tôt, l'Est avait fermé la frontière. Là-dessus, un lourd camion avait défoncé les barrières est-allemandes pour ouvrir dans son sillage un passage aux files de voitures particulières. Mais les gardes-frontière les avaient arrêtés avec leurs fusils-mitrailleurs. Les voitures qui avaient pu le faire à temps avaient rebroussé chemin. À présent, ces véhicules étaient pris dans un embouteillage près de Herleshausen.

– Assassins ! cria quelqu'un. Ils tirent sur leurs frères !

– Ils sont dans le même état de panique que nous, dit le blond avec sang-froid. Chez nous aussi, on tire. Et je parie que ça n'est que le tout début. Plus personne ne sort vivant de la zone d'interdiction imposée autour de Schweinfurt. Celui qui échappe à la radioactivité n'échappe pas aux militaires. Ils vont empêcher par la force ceux qui sont fortement contaminés de se mêler à ceux qui s'en sont sortis.

1. Fondée en 1949, la RDA a cessé d'exister en 1990, lors de la réunification de l'Allemagne.

– Tu déconnes! s'écria la femme aux taches de rousseur. Ils ne peuvent tout de même pas tirer sur les gens comme sur des lapins!...

– Le vernis de la civilisation tombe quand il s'agit de sauver sa peau.

Janna-Berta était tout à fait éveillée. Elle vit son père devant le canon des fusils-mitrailleurs, en train de crier et de tomber. Elle pressa les mains sur sa bouche.

L'homme à la crinière blonde tenait un mouchoir à bout de bras. Le vent était tombé. Les gens s'encourageaient mutuellement : on décida de longer la frontière en direction d'Eschwege et de passer par Göttingen pour entrer dans la plaine du Nord.

– Tu viens avec nous? demanda la femme aux taches de rousseur.

Janna-Berta pensa à Helga et à Hambourg. Sa mère voulait qu'ils se réfugient dans cette ville par n'importe quel moyen et avec qui que ce fût. Mais maintenant il était trop tard. Elle avait couru sous le nuage, et la pluie contaminée l'avait trempée. Uli était dans le champ de colza, Papa était peut-être encore à Schweinfurt, sa mère quelque part avec Kai au beau milieu de la zone de la catastrophe, peut-être à la gare de Hünfeld ou à celle de Schweinfurt. Et Almut et Rheinhard qui attendaient l'enfant si longtemps désiré – ils étaient tous quelque part pas loin d'ici. Tous ceux qui comptaient pour elle.

– Non, dit-elle, je reste ici.

– Tu en as assez de vivre? demanda la femme aux taches de rousseur.

Janna-Berta haussa les épaules, remercia et descendit. Le minibus Volkswagen fit demi-tour et prit la voie opposée. Janna-Berta vit quelqu'un lui faire signe par la vitre arrière. D'un pas pesant, elle quitta la route. Le vaste paysage de collines était quadrillé de jaune, des champs de colza.

Six heures. Le soleil brillait à l'ouest, les ombres s'allongeaient. L'atmosphère était claire et paisible. Ici, il n'avait pas plu. La région semblait encore épargnée.

Descendant la colline, Janna-Berta se traîna jusqu'au village voisin sans voir comment il s'appelait. Elle ne vit pas non plus les panneaux annonçant la proximité de la frontière avec la RDA. Ici, les habitants ne s'étaient pas encore enfuis. Mais les rues étaient quasi désertes. Le seul bruit provenait d'un supermarché devant lequel des hordes de gens bourraient leurs voitures de provisions. Il y avait aussi de l'agitation près d'une station-service. Une file de voitures attendait, et les gens s'injuriaient et criaient.

Janna-Berta demanda de l'eau, mais le pompiste lui hurla de ficher le camp. Elle continua sa course, sans but précis, marchant en zigzag. Arrivée à la sortie du village, elle crut ne plus pouvoir supporter la soif. Elle voulut sonner à la porte d'une maison, mais, comme elle ne trouvait pas le bouton, elle tambourina.

Un rideau de fenêtre bougea. Quelques instants après, Janna-Berta entendit quelqu'un approcher en traînant les pieds. La porte s'entrouvrit légèrement. Une femme d'un certain âge jeta un regard scrutateur à l'extérieur.

– Si c'est juste de l'eau... répondit-elle, visiblement soulagée, en hochant la tête.

Puis elle demanda d'un air méfiant :

– Tu n'es pas d'ici?

– Je suis de Schlitz, dit Janna-Berta.

La femme ne savait pas où était Schlitz. Janna-Berta dut le lui expliquer.

– Près de Fulda? s'écria la femme. Là où on a évacué les gens. Alors, tu es... tu as sans doute déjà ton compte?

– Peut-être, répondit mollement Janna-Berta.

La femme referma sa porte et repartit en traînant les pieds. Elle revint au bout d'un moment, les mains vides.

– Ce n'est pas possible, dit-elle derrière sa porte résolument close. On affirme que tous ceux qui viennent de là-bas sont irradiés.

Elle se racla la gorge et ajouta :

– Ils viennent de dire que même ici, dans le secteur, on installe des hôpitaux de secours. Va voir la police. Demande qu'on t'y amène.

Les pas s'éloignèrent. Janna-Berta resta encore un moment plantée devant la porte. Elle entendit la femme :

– Ça y est, c'est parti avec les réfugiés. Comme en 45.

Et une voix d'homme lui répondit :

– Va voir si la porte de derrière est fermée.

Janna-Berta reprit son chemin, sortit du village et suivit une allée de tilleuls tirée au cordeau. Elle trébucha sur des rails qui croisaient l'allée. À gauche et à droite s'étendaient des jardins et des champs. L'allée se rétrécit, le chemin monta brusquement. Janna-Berta ressentit un malaise; prise d'une nausée soudaine, elle s'appuya contre le tronc d'un tilleul et vomit.

Indifférente à la beauté du village aux toits rouges et ensoleillés, elle atteignit péniblement la large balustrade sur laquelle s'achevait l'allée. Au-delà, le chemin, les champs s'arrêtaient en pente raide au bord d'une rivière qui coulait paresseusement et sans bruit. Le village était sur l'autre rive, encadrant les restes d'un pont depuis longtemps détruit. Un panneau pratiquement illisible sous la couronne des tilleuls indiquait que la frontière passait au milieu de la rivière.

Janna-Berta s'appuya sur la balustrade et vomit encore une fois. Puis elle se laissa tomber, se recroquevilla sur elle-même et se mit à pleurer.

CHAPITRE VI

Elle était incapable de se rappeler qui l'avait ramassée sur le bord du chemin et portée dans ce bâtiment. Elle n'avait plus aucun souvenir de l'endroit où on l'avait trouvée. Elle voyait encore confusément devant elle l'allée de tilleuls soudain interrompue. Par contre, elle savait qu'elle était dans une salle de l'école de Herleshausen.

Une salle claire et gaie. Les résultats des derniers travaux manuels étaient exposés sur une étagère : des galets comme on en trouve dans le lit des torrents, assemblés pour former de drôles de personnages. Il y avait des Obélix, des Rübezahl [1], des sorcières et des Rois Pomme-de-terre. En quatrième année d'école primaire, Janna-Berta avait, elle aussi, bricolé ce genre de personnages en pierre. En décembre,

1. Esprit de la Terre, personnage de légende.

avant Noël. De beaux cadeaux : un troll pour Mamie Berta, un petit homme vert pour Jo.

Maintenant, les plantes vertes dépérissaient sur le rebord des fenêtres. Les meubles avaient été déménagés. Seule l'armoire du maître était encore à côté du tableau et, dans un coin, on avait oublié un porte-cartes. À la place des tables et des chaises, il y avait dix-neuf lits serrés les uns contre les autres. Les deux premiers jours, on s'était contenté de matelas posés à même le sol.

En écoutant les conversations des adultes, Janna-Berta avait appris que cette école avait été transformée en l'un des nombreux hôpitaux de fortune qu'on avait installés de toute urgence le long de la zone évacuée, au lendemain de la catastrophe. Elle était dans la salle des enfants d'âge scolaire, avec vingt-cinq autres malades ou blessés que l'on avait transportés des environs jusque-là. Il n'y avait pas assez de lits pour tout le monde. Les plus jeunes et les frères et sœurs partageaient un lit à deux. Janna-Berta avait sa place sous une fenêtre. Elle avait maigri. Chaque fois qu'elle se regardait dans la glace, elle se faisait peur. Les yeux enfoncés, le menton pointu, la peau blanche, des touffes de cheveux hirsutes. Dans sa chemise de nuit beaucoup trop grande, elle avait l'air d'un fantôme.

Elle n'avait envie de rien. Il suffisait qu'elle aperçût de la nourriture pour avoir mal au cœur. En revanche, elle buvait de grandes quantités d'eau et de thé, parfois un peu de bouillon. Quelqu'un lui tenait la tête et posait le verre sur ses lèvres gercées.

Les trois quarts du temps, elle fixait d'un regard vide le plafond ou les personnages en pierre qui lui faisaient face. Quand quelqu'un lui adressait la parole, elle fermait les yeux, détournait la tête et ne répondait pas aux questions, y compris celles qui revenaient sans cesse : comment s'appelait-elle ? D'où venait-elle ? Quand le médecin l'examinait, il était obligé de lui relever les paupières. Il parlait de « choc ». Il refusait de la laisser partir. Il fallait la maintenir en observation. Mais quand, une fois par jour, lui ou son collègue entraient dans la salle, ils ne s'intéressaient pratiquement pas à elle. Janna-Berta n'avait pas la diarrhée, elle ne vomissait pas non plus. Elle n'avait pas d'hémorragies et ne faisait pas partie de ceux qui avaient été blessés à la frontière. Son état de santé était relativement bon.

Avec la fébrilité qui régnait dans cet hôpital d'urgence, personne n'avait le temps de la consoler. Dans sa salle, elle était parmi les plus âgés. Elle n'avait qu'à prendre son mal en patience. Elle n'avait même pas droit à une chemise de nuit propre.

– Quelle cochonnerie ! rouspéta une des infirmières.

– Ça vient de l'intendance, lui expliqua le médecin. De l'organisation. L'accident a démoli tous les plans d'intervention qu'ils avaient bâclés en cas de catastrophe. Ils n'avaient rien préparé, rien n'a fonctionné, seuls les bonzes se sont mis à l'abri aussi vite qu'ils l'ont pu !

Janna-Berta essaya de se souvenir : après Tchernobyl, Maman ne s'était-elle pas renseignée auprès des autorités de différentes villes pour savoir quelles mesures avaient été prises en faveur de la population en cas de risque radioactif majeur ? N'avait-elle pas appris qu'il n'y avait pratiquement pas d'abris et que les hôpitaux municipaux n'accueilleraient aucun patient irradié, vu qu'ils n'étaient pas équipés pour cela ? Maman n'avait-elle pas essayé, mais en vain, d'obtenir l'autorisation de jeter un coup d'œil sur les plans de protection en cas de catastrophe ? On lui avait rétorqué que ces plans n'étaient pas destinés au public. Papa et Maman s'étaient mis en colère. Mais la plupart des gens consultés s'étaient contentés de hausser les épaules.

Ça sentait mauvais dans la salle. Beaucoup d'enfants vomissaient. D'autres avaient la diarrhée et faisaient sous eux.

C'était un constant va-et-vient. Des gens étaient sans cesse hospitalisés, les cas les plus critiques étaient isolés. Un grand nombre d'enfants étaient amenés en même temps que leurs parents. Les adultes étaient dans d'autres salles et venaient voir leurs enfants. Bien des fois, la nuit, Janna-Berta, qui souffrait d'insomnie, voyait des pères et des mères se glisser dans la pièce : ils voulaient s'assurer que leurs enfants vivaient encore.

Près de Janna-Berta, il y avait une Turque. Elle s'appelait Ayse et habitait à Fulda. Quand une dame de la Croix-Rouge était venue la questionner, Janna-Berta avait écouté. Ayse avait perdu ses parents dans la pagaille de l'évacuation et avait erré dans la ville presque déserte, jusqu'à ce qu'une patrouille de police l'emmène. Des heures durant, au centre d'accueil de Schenklengsfeld, elle n'avait cessé de vomir. Le centre était archicomble. On l'avait donc amenée ici.

Janna-Berta ne répondait pas quand Ayse lui demandait quel était son prénom. La jeune Turque se mettait alors à pleurer. Elle pleurait beaucoup, surtout la nuit.

Les nuits n'étaient jamais calmes. Janna-Berta entendait sans arrêt des enfants pleurer à chaudes larmes, appeler leurs parents ou pousser des cris d'angoisse au milieu d'un mauvais rêve. Dans la salle des petits, les cris ne cessaient jamais.

Deux mères et un père s'étaient installés dans la salle des enfants d'âge scolaire. Car on manquait de personnel. Jour après jour, on attendait des infirmières et des infirmiers des régions non touchées de la République fédérale. Janna-Berta entendait les adultes en parler. Ils se sentaient trahis et abandonnés. Janna-Berta savait à quoi s'en tenir. Il lui suffisait de se souvenir de la femme dans l'entrebâillement de la porte, quelque part près d'une allée de tilleuls.

Lara, une pâle fillette de neuf ans, avait donc sa mère auprès d'elle, et Florian, un garçon de l'âge d'Uli, qui perdait ses boucles brunes par paquets, était soigné par ses parents. Les trois adultes semblaient s'en être tirés à bon compte. Ils s'occupaient aussi des autres enfants. Il arrivait bien au père de Florian de dire à Janna-Berta : « Toi, tu n'as pas récolté grand-chose, tu peux t'en sortir toi-même. » Mais quelquefois la maman de Florian s'asseyait auprès d'elle et lui caressait les cheveux. Janna-Berta ne pouvait s'empêcher de pleurer.

Quand elle se traînait dans le couloir pour se rendre aux toilettes, elle écoutait les conversations des malades et des infirmières.

Elle comprit bientôt que la catastrophe avait dû être bien plus importante que celle de Tchernobyl. On parlait de milliers de morts et du bétail qui avait crevé dans les étables et les prairies. Mais ce n'étaient que des suppositions. Quelqu'un racontait que c'était le réacteur qui avait explosé. La rumeur était tenace : on n'avait pas encore maîtrisé la chose. La centrale en ruine continuait à irradier. Toutes les centrales nucléaires de la République fédérale avaient été provisoirement arrêtées.

Janna-Berta entendit une infirmière dire à Ayse :

– Il faut que tu te dépêches de guérir. Sinon tu seras la dernière Turque en Allemagne. Tes compatriotes quittent en masse notre pays.

– Les demandeurs d'asile aussi, rapporta une femme de ménage. En général tous les étrangers. Et pas mal d'Allemands.

Les conversations ne cessaient de tourner autour du *nuage* qui, à ce qu'on prétendait, était ballotté au gré du vent et déchaînait la panique dans les régions menacées tant en Allemagne qu'à l'étranger.

– C'est un nuage diabolique ! dit la femme de ménage en lavant la salle. Il fait tout sauf ce que prévoit la météo. Par vent d'ouest, il part vers le nord...

Du jour au lendemain, le prix des denrées alimentaires avait augmenté de façon vertigineuse. Dans les régions non concernées, la population s'était ruée dans les supermarchés pour faire des provisions de marchandises non contaminées.

– Et l'école ? demanda Lara. Est-ce que je vais être obligée de rattraper ce que les autres sont en train de faire ?

– Non, répondit la maman de Lara. Les autres non plus ne vont pas à l'école. Tu ne rates rien.

Janna-Berta surprit une conversation qui lui fit comprendre que, manifestement, il y avait trois zones interdites. Les environs immédiats du réacteur de Grafenrheinfeld constituaient la zone A. Personne n'y avait survécu. La terre y était devenue inhabitable, pour une période de temps indéterminée. La zone B, qui lui était contiguë et s'étendait de Bad Brückenau à Coburg, était encore fortement contaminée et resterait interdite pendant des années. Seuls les réfugiés de la zone C pouvaient espérer avoir l'autorisation de revenir chez eux dans quelques mois.

Schlitz devait faire partie de la zone C. Janna-Berta essaya de s'imaginer cette durée de quelques mois et ce que serait un retour à la maison sans sa famille. De telles pensées faisaient mal. Elle les chassa. Depuis qu'elle était à Herleshausen, elle essayait de ne plus penser ni à Papa, ni à Maman, ni à Kai. Surtout pas à Uli. Ils étaient partis. Et elle était seule.

Janna-Berta était à l'hôpital d'urgence de Herleshausen depuis plusieurs jours quand on annonça la visite du ministre fédéral de l'Intérieur.

La maman de Lara était très excitée.

– Il faut que nous aérions, s'écria-t-elle, et que nous changions les draps des lits !

Elle sortit dans le couloir et revint au bout d'un moment, abattue.

– Rien ne fonctionne, se lamenta-t-elle. Nous sommes juchés sur une montagne de linge sale. On dit que les draps sont irradiés et personne n'ose y toucher.

Elle ouvrit brusquement la fenêtre, bien que la journée fût très fraîche, s'assit à côté de sa fille, sortit un peigne de dessous le matelas et entreprit de la coiffer. Janna-Berta la vit tenter de cacher à son enfant les cheveux qui restaient accrochés au peigne et les glisser en cachette sous le matelas.

– On devrait le jeter dans les décombres de la centrale ! s'écria le père de Florian. Ce serait justice !

– Il faudrait alors y jeter beaucoup

d'hommes politiques, fit remarquer sa femme. La zone mortelle autour de Grafenrheinfeld ne suffirait pas pour tous les complices de cette catastrophe, hommes politiques ou non. Mais ne nous plaignons pas. Nous vivons dans une démocratie et nous avons les hommes politiques que nous méritons.

– Pour une fois que j'en ai un sous la main ! s'écria le père.

La mère eut un geste las pour marquer sa désapprobation.

Janna-Berta s'imagina le ministre de l'Intérieur. Il était gai, un sourire moqueur au coin des lèvres. Elle le connaissait pour l'avoir vu à la télévision ou en photo dans les journaux. Ses parents parlaient souvent de lui en termes vifs.

– Je vais lui poser des questions, reprit le père de Florian, lui demander s'il a bonne conscience.

– Son entourage ne le permettra pas, répliqua sa femme. Et même en supposant que tu y parviennes, il n'est sûrement pas en peine d'une réponse.

Le père se tut.

– Je me demande si ces gens ont simplement une conscience, ajouta la mère.

– Je vous en prie, implora la mère de Lara en se tournant vers le père de Florian, ne faites pas d'histoires.

Ce dernier frappa du poing sur le bassin qu'il apportait à son fils. L'objet résonna comme un gong. Mais il le poussa avec douceur sous Florian et se pencha sur l'enfant qui, effrayé par la dispute, venait d'éclater en sanglots.

Vers midi, un hélicoptère rasa l'école en pétaradant. Quelques instants plus tard, une voiture de police et une jeep passèrent sur la place. Janna-Berta s'était redressée et regardait par la fenêtre. Parmi les hommes qui descendaient des véhicules, elle reconnut le ministre. Aujourd'hui il ne souriait pas. Vêtu d'une espèce de combinaison, il était entouré de policiers et de personnages en civil. Rien que des hommes. Sans doute ses collaborateurs, ou bien des représentants de l'administration municipale. Un des médecins salua le ministre avec gravité, presque d'un air sombre. Puis le cortège disparut du champ de vision de Janna-Berta.

Elle se leva de son lit et essaya d'atteindre l'étagère sur laquelle se trouvaient les figurines. Cinq pas, six pas... que c'était loin ! Puis elle s'agrippa à l'étagère et saisit la première figurine qui lui tomba sous la main.

– Qu'est-ce que tu veux faire ? lui cria la maman de Lara. Retourne vite dans ton lit !

Mais Janna-Berta resta près de l'étagère. Elle se sentait faible. Son corps ruisselait de sueur. Elle regarda avec espoir dans la direction du père de Florian. Il était planté droit comme un cierge entre les lits. Le silence s'était installé dans la salle. Chacun dressait l'oreille. À présent on entendait distinctement les pleurs des petits dans la salle voisine.

Dans le couloir, des pas et des voix retentirent. Janna-Berta regarda fixement la porte. Mais, quand elle s'ouvrit, Janna-Berta ne put apercevoir ni le ministre ni sa suite. La porte lui cachait la vue.

– C'est la salle des enfants d'âge scolaire pour les cas les plus légers, dit le médecin. La moitié d'entre eux environ ont des chances réelles de s'en sortir.

Le ministre salua. Seuls la mère de Lara et quelques enfants répondirent timidement. Janna-Berta regarda furtivement du côté du père de Florian. Mais celui-ci restait muet.

– Vous avez raison, docteur, dit le ministre. Les conditions ici sont excessivement mauvaises. Je vais faire immédiatement le nécessaire pour que votre hôpital soit servi en priorité. En priorité absolue. Bientôt tout rentrera dans l'ordre.

Janna-Berta leva la main qui tenait la figurine de pierre. Le père de Florian... pourquoi ne prenait-il pas la parole? Mais déjà la porte de la salle se refermait. Le ministre était pressé. La figurine de pierre percuta le panneau de la porte et tomba sur le sol avec fracas.

– Et Uli? s'écria Janna-Berta. Comment va-t-il faire pour rentrer dans l'ordre? Et mes parents, et Kai, et Jo?

Les enfants la regardèrent, terrorisés. Ils avaient toujours cru qu'elle était muette.

– Tu es devenue folle? cria la mère de Lara.

– Et Almut, et son enfant? poursuivit Janna-Berta.

Il y eut du bruit dans le couloir. Comme si des patients des autres salles s'y rassemblaient. Une petite fille couchée près d'Ayse appela sa maman.

– Et moi? Et moi? cria Janna-Berta. Et ceux-là? Comment peut-on rentrer dans l'ordre?

– Tais-toi! lança la maman de Lara. Et retourne dans ton lit!

Mais Janna-Berta ne pouvait lâcher l'étagère. Quelque chose papillotait devant ses yeux. Le bruit du couloir s'amplifiait : des cris de menace, des cris répétés en chœur, des pleurs et, au milieu de tout cela, la voix du ministre. Un bruit de verre cassé, une porte qui claquait. Puis le bruit s'apaisa. Quelques enfants se levèrent de leur lit et jetèrent un coup d'œil par l'entrebâillement de la porte.

– Il est parti, annoncèrent-ils. La grande porte est cassée. Et chacun retourne dans sa salle.

– Ah ! mon enfant, dit la mère de Florian en ramenant Janna-Berta à son lit, tu as vraiment raison ! Mais ce n'est pas comme ça qu'il faut faire.

Le père de Florian était assis près de son fils, sur le bord du lit, la tête entre les mains.

– Elle a du courage, lui dit sa femme.

– Du courage ? s'écria Ayse. C'était de la *rage* !

CHAPITRE VII

Depuis la visite du ministre, Janna-Berta s'était remise à manger, à dévorer même. Et elle avait repris espoir. Chaque fois que la porte s'ouvrait, son cœur battait. Au fond, pourquoi ses parents... pourquoi Kai et Jo seraient-ils morts ? Peut-être avaient-ils réussi à partir à temps, peut-être avaient-ils attrapé le dernier train ou un autocar qui avait pu quitter la ville. Et un jour Maman apparaîtrait, toute souriante, sur le seuil de la porte, Kai dans ses bras ! Et Papa lui aussi se tiendrait dans l'encadrement de la porte !

Elle avait aussi recommencé à parler. Avec Ayse surtout. Elle lui dit comment elle s'appelait, lui parla d'Uli et d'Almut qui était enceinte. Et Ayse lui raconta qu'elle avait un petit ami allemand : il avait quinze ans, et ses parents lui avaient interdit de le rencontrer.

– Il s'appelle Rüdiger, dit-elle. Et on se voit quand même !

Cela ne l'empêchait pas de parler souvent de ses parents et de ses frères et sœurs. Elle en avait alors les larmes aux yeux.

Deux jours après la visite du ministre, des camions arrivèrent. On refit les lits avec de nouveaux draps, on emporta des montagnes de linge sale. Janna-Berta et Ayse eurent des chemises de nuit propres.

Il y eut aussi un renfort de personnel : une infirmière, un aide-soignant et deux aides du service civil. L'un d'eux, originaire de Cologne, se vit attribuer les deux salles où étaient les enfants. On l'appelait Tünnes [1], et il l'acceptait. Tünnes était bavard et transmettait nombre d'informations de l'extérieur.

– Dix-huit mille morts, dit-il en donnant à manger à un enfant. Et chaque jour le nombre augmente. Avant-hier, ils ont proclamé l'état d'urgence national.

Les enfants n'étaient pas seuls à l'écouter. Des adultes aussi se pressaient à la porte de la salle et prêtaient l'oreille.

– Ils ont évacué jusqu'à Coburg, Bayreuth et Erlangen, racontait-il. À présent ils

1. Personnage comique connu à Cologne au XIXe siècle pour ses plaisanteries, célèbre localement à l'égal du baron de Münchhausen. *(N.d.T.)*

évacuent aussi Würzburg et les environs à cause du vent du nord. Même en RDA, de Suhl à Sonneberg... on a tout évacué. Et cette saleté n'arrête pas d'irradier ! Ils y envoient leurs groupes spécialisés à tour de rôle. Pour que dalle. Pardon, mais c'est comme ça !

Il voulut sortir pour aller vider un bassin, mais les enfants le rappelèrent.

– Continue, Tünnes !

– Les premiers jours, la moitié de l'Europe est restée dans les caves, dit-il en agitant le bassin. Même les Français. Chez nous à Cologne, il n'y avait pratiquement plus personne dans les rues. Seuls ceux qui mouraient de faim se risquaient à sortir. Les administrations, les usines, les boutiques, les écoles : tout a fermé. Plus personne pour donner des conseils.

« Ma sœur est presque devenue folle : deux enfants, trois et cinq ans, et des journées entières à la cave ! À la fin ils ne faisaient plus que se battre. Quand nous avons pu remonter, ça n'a pas été mieux. Tout était contaminé et irradié, et on a laissé sortir les enfants. On dit que, dans toute l'Europe centrale, il faudrait se débarrasser de la couche de terre supérieure. Certes. Et qu'est-ce qu'on va mettre dans les assiettes ? Les gens se sont à moitié étripés pour de vieilles boîtes de conserve. Des denrées fraîches provenant des campagnes allemandes dans les assiettes ? Il vaut mieux ne plus y penser.

« Maintenant mes vieux ne manquent pas d'enlever leurs chaussures devant la porte d'entrée ; quant à ce qu'ils vont faire de notre jardin, ils n'en ont pas la moindre idée. Chaque fois qu'il pleut, Maman se met à pleurer. Mon père, à coups de hache, a abattu nos deux chiens auxquels il tenait tant. Ma mère a hurlé quand elle a entendu les gémissements. La buanderie était pleine de sang.

Florian se mit à pleurer.

– Et maintenant, c'est comment ? demanda la mère de Lara. Est-ce que les choses se sont un peu normalisées ?

– Normalisées ? s'étonna Tünnes. Qu'est-ce que ça signifie : normalisées ? Rien ici ne sera jamais plus normal, si vous comprenez ce que je veux dire. Mon père, par exemple : il a déjà perdu son boulot. Les transports internationaux, c'est du passé. Aucun pays ne laisse nos camions franchir la frontière. Même sur les aéroports, il ne se passe plus grand-chose non plus. Plus personne ne veut venir chez nous. En revanche, beaucoup de gens veulent sortir. Et bien sûr personne n'en veut. C'est comme ça, mesdames, messieurs. C'est la pure vérité. Fini. Terminé. Amen.

Il y avait désormais deux téléviseurs dans l'hôpital : le premier appartenait à la nouvelle infirmière et avait été installé dans la salle du personnel ; le deuxième passait de salle en salle. Tous ceux qui pouvaient se tenir sur leurs jambes se pressaient dans la pièce où se trouvait l'appareil. Les médecins et les infirmières n'étaient pas contents. La nouvelle infirmière finit par installer son appareil, durant la journée, sur une petite table dans le couloir, et Tünnes, après sa première permission d'une semaine, rapporta son vieux téléviseur noir et blanc.

– C'est pour vous, dit-il en débarrassant l'étagère et en le posant dessus.

Désormais tous les enfants se couchèrent de façon à pouvoir voir l'écran. Mais les émissions n'étaient pas celles, amusantes, qu'ils connaissaient. Ce n'étaient pratiquement que des informations, des reportages sur la zone de la catastrophe, des avis de recherche, des discussions d'experts et, toutes les heures, des renseignements sur le temps, la direction des vents et les dernières évaluations d'irradiations, sur fond de musique classique.

Janna-Berta suivit en retenant son souffle un reportage sur l'hébergement de millions de gens évacués et de réfugiés hors des zones sinistrées. On répartissait les sans-abri sur l'ensemble du territoire fédéral encore habitable. Cela n'allait pas sans mesures draconiennes : tout espace habitable avait été enregistré et réquisitionné.

Quand les informations commençaient, les trois quarts des enfants détournaient le regard. Tünnes voulait éteindre, mais Janna-Berta et Ayse demandaient l'autorisation de regarder.

Elles virent des manifestations gigantesques où les gens réclamaient l'arrêt définitif de toutes les centrales nucléaires européennes et la démission du gouvernement allemand. Au cours de l'une de ces manifestations, il y avait eu six morts. La colère était surtout dirigée contre le ministre de l'Intérieur.

– Il est collé à son fauteuil, dit Tünnes qui passait à ce moment-là. Mais plusieurs fois, pendant son voyage d'information, ils ont bien failli le lyncher.

La RDA avait protesté à maintes reprises et exigeait des réparations. En Tchécoslovaquie, une foule en colère s'était rassemblée devant l'ambassade allemande. Les Autrichiens manifestaient depuis plusieurs jours à la frontière bavaroise dont on leur interdisait le passage.

Puis la télévision rendit compte des actions de solidarité internationale que l'on prétendait être les plus importantes depuis la Seconde Guerre mondiale. Ayse bâilla. Janna-Berta aussi se sentait épuisée. Elle avait appris ce jour-là tant de choses nouvelles, tant de choses incroyables !

Pourtant, à l'écoute des avis de recherche qui concluaient le bulletin d'informations, les deux jeunes filles se réveillèrent : des parents recherchaient leurs enfants, des enfants leurs parents, des personnes âgées avaient disparu, des photos de morts non identifiés apparurent sur l'écran, il était question d'un fichier de recherche et de listes de personnes décédées. Un journaliste lut des noms et des adresses.

– La Croix-Rouge, expliqua Tünnes, a établi des fichiers. Si vous me notez le nom de vos vieux, je me renseignerai. O.K. ?

Elles le trouvaient extraordinaire.

– Presque autant que Rüdiger, précisa Ayse.

Janna-Berta pensa aux garçons de sa classe. Tous sympas, mais aucun pour lequel elle aurait pu éprouver une passion. Pas même Elmar qui savait tout et pouvait tout faire. Son petit ami, elle le voyait comme Reinhard, le mari d'Almut, mais en plus jeune.

Elle parla encore longtemps à voix basse avec Ayse, même après que l'on eut éteint la lumière principale. Ni l'une ni l'autre ne réussissaient à s'endormir. Janna-Berta pensa aux photos des morts. Si Papa et Maman, si Kai et Jo étaient vraiment morts... étaient-ils vraiment comme ça?

Dix-huit mille morts, des centaines de milliers de gens irradiés, des régions contaminées, des secteurs ruraux inhabitables pendant des années, une campagne verrouillée, entourée de barbelés... Janna-Berta essaya vainement de s'imaginer tout cela.

Les jours suivants, elle ne rata aucun bulletin d'informations. Elle voulait tout savoir, avec la plus extrême exactitude.

– Tu sais ce que les femmes se disent aux toilettes? lui chuchota Ayse. Sur plusieurs kilomètres autour de la centrale nucléaire, ils ont tiré sur tous les gens qui voulaient s'enfuir. Parce qu'ils étaient contaminés. Tu y crois?

– Non, répondit Janna-Berta. Je ne crois pas que des choses pareilles puissent se produire chez nous.

Soudain, Ayse regarda fixement la porte. Ses yeux se dilatèrent. Elle cria des mots en turc. Janna-Berta la vit se jeter sur un homme maigre aux cheveux noirs et portant moustache. Il la reçut dans ses bras, la souleva et l'embrassa avec fougue.

Le père d'Ayse était venu. De Wangerooge où la famille avait échoué. Étroitement enlacés, ils étaient assis sur le lit d'Ayse et se parlaient avec force gestes. Janna-Berta ne comprenait pas un mot. Et ils n'arrêtaient pas de pleurer. De concert, le père et la fille! Janna-Berta se sentait seule. Elle se tourna vers le mur. Il y aurait bientôt près d'elle un enfant inconnu.

Mais, le soir, le père dut repartir sans sa fille. Le médecin n'avait pas autorisé Ayse à l'accompagner.

– Il a dit pas avant quinze jours, sanglotait-elle après avoir conduit son père jusqu'à la porte. Maintenant ils sont obligés de repousser le retour au pays! Rien qu'à cause de moi!

– Le retour au pays? demanda Janna-Berta. En Turquie? Et Rüdiger?

Ayse ne répondit pas.

Janna-Berta était dans cet hôpital depuis dix-sept jours.

– Si tu restes encore une semaine sans symptômes sérieux, il est probable que le plus dur sera passé, dit le médecin. Tu t'en seras tirée à bon compte. Huit jours, et je pourrai te laisser partir.

– Pour aller où? demanda-t-elle en pensant à Schlitz.

Mais on n'avait plus le droit d'aller là-bas. Pas plus qu'à Bad Kissingen où habitaient Almut et Reinhard.

La dame de la Croix-Rouge qui remplissait les formulaires destinés à l'Office de recherche et, pour ce faire, questionnait avec une infinie patience chaque enfant séjournant à l'hôpital sans ses parents, revint la voir.

– Maintenant nous connaissons ton nom, dit-elle. Mais tes parents n'ont toujours pas été retrouvés.

Janna-Berta la regarda.

– Ils ne peuvent qu'être vivants ou morts, dit-elle.

– Bien sûr, répondit la dame. Mais seule une fraction des gens évacués a été enregistrée dans les fichiers. Les choses ne vont pas aussi vite que ça. Et tous ceux qui sont morts n'ont pas toujours été portés sur les listes. Il te faut être patiente. Chaque jour, de nouveaux noms y figurent. Tu as sûrement de la famille ailleurs que dans la région contaminée.

Helga, à Hambourg. Mais se rendre chez elle alors qu'elle ignorait ce qui était arrivé à ses parents, à Kai et à Jo... non, Janna-Berta refusait de l'imaginer.

– Je n'ai plus mon carnet d'adresses, répondit-elle à la dame. Il est resté avec mon vélo sur le quai de la gare d'Asbach.

Elle se garda de dire qu'elle connaissait l'adresse d'Helga par cœur. Elle ne voulait pas être expédiée chez elle. Elle ne voulait surtout pas lui téléphoner. Car telle qu'elle la connaissait, elle accourrait aussitôt pour venir la chercher et décider à sa place jusqu'à ce que ses parents fussent à même de la reprendre avec eux. Et s'ils n'étaient plus en vie, il faudrait qu'elle reste chez Helga.

Non, Janna-Berta avait d'autres projets. Elle voulait quitter l'hôpital en cachette et partir à la recherche de ses parents, de Kai et de Jo. Une fois, elle avait lu un récit qui se passait pendant la Seconde Guerre mondiale et où une jeune fille était partie à la recherche de ses parents. Après une longue odyssée, elle avait fini par les retrouver et tout s'était bien terminé. L'histoire avait ému Janna-Berta aux larmes.

Elle allait simplement attendre encore quelques jours. Peut-être que leurs noms figureraient bientôt dans les fichiers? Ou bien réapparaîtraient-ils en personne?

– Tu t'es renseigné, Tünnes? s'écria-t-elle quand elle le vit.

– À la fin de la semaine, promit-il. J'aurai du temps.

Elle se tournait maintenant souvent vers la fenêtre. Il se pouvait vraiment que Papa ou Maman... Elle voyait des gens venir, le regard rempli d'espoir, et repartir, certains rassurés, d'autres accablés. Elle voyait des malades arriver; on emportait des cercueils. Puis la dame de la Croix-Rouge revint. Janna-Berta lui fit des signes quand elle entra dans la salle.

– Est-ce que vous avez appris des choses sur mes parents? lui demanda-t-elle vivement.

Mais la dame de la Croix-Rouge fit comme si elle ne voyait ni n'entendait rien. Elle se dirigea vers le médecin qui examinait un enfant dans l'autre coin de la pièce et lui parla. Janna-Berta la vit regarder un instant dans sa direction, avant de s'approcher enfin de son lit.

– Rien de nouveau, dit-elle tristement. Il faut continuer à attendre.

– Pauvre Janna-Berta! dit Ayse.

Janna-Berta ressentit une rage sourde.

Le lundi matin, Tünnes fut ponctuel. À son arrivée dans la salle, il n'était pas comme d'habitude.

– Tu as du nouveau? lui cria Janna-Berta.

Non. Il n'avait pas encore téléphoné à la Croix-Rouge. Il avait été à une manif à la frontière française. Janna-Berta savait de quoi il retournait : le samedi soir, aux informations, il avait été question de cette manifestation contre la politique énergétique française. Il y avait eu de graves débordements. Les militaires français étaient même intervenus. Six Allemands et deux Français avaient été tués.

– Mes parents étaient aussi dans la manif, dit Tünnes en secouant la tête. Au beau milieu ! C'est inimaginable... mes vieux !

Il promit à Janna-Berta de téléphoner à la Croix-Rouge à la première occasion.

Dans la journée, elle ne restait pas tout le temps au lit. Avec Ayse, elle aidait les infirmières. Elle jouait avec les enfants et leur donnait à manger quand ils étaient trop faibles pour porter la cuillère à la bouche. Elle leur racontait des histoires et leur chantait des chansons que Mamie Berta lui avait apprises. Et elle les rassurait.

– Janna-Berta, Janna-Berta ! criaient les enfants.

Et elle venait, bien qu'elle se sentît encore faible. De temps à autre, épuisée, elle se laissait tomber sur son lit. Mais, dès qu'un enfant l'appelait, elle se relevait. Il fallait que tout le monde voie qu'elle n'avait plus sa place dans un hôpital !

Ayse aussi voulait se sauver. Leur projet commun d'évasion avait été établi depuis longtemps, dans tous ses détails. En revanche, on ne pouvait pas compter sur Tünnes. Il allait à la laverie, à la boulangerie, et, chaque fois, il revenait sans avoir téléphoné. La première fois, il affirma qu'il avait oublié, la deuxième, il prétendit qu'il n'avait pas eu le temps. Janna-Berta et Ayse finirent par avoir l'impression qu'il les évitait à la moindre occasion.

Durant cette période, plusieurs enfants moururent : l'un d'une pneumonie foudroyante; un autre d'une simple angine; un troisième, Florian, dépérit tout simplement en quelques jours. Il mourut de façon si inattendue que sa mère n'arrêtait pas de balbutier :

– Ça ne peut être qu'une erreur.

Jusqu'à ce que son mari se mette en colère :

– Mais tais-toi, nom d'un chien, est-ce que tu vas enfin te taire !

Quand ils emportèrent l'enfant, le père pleura. Par la fenêtre, Janna-Berta les regarda partir. Elle se souvint d'une comptine que sa mère avait composée, après Tchernobyl, et écrite sur un panneau qu'elle avait porté pendant une manifestation :

Un, deux, trois,
Qui a peur de Tchernobyl,
Des rems et des becquerels?
Des petits enfants meurent.
Le nuage les irradie.
Et toi,
C'est
Fini!

De l'autre côté de la place, de jeunes garçons regardaient en direction de leur école. Mais les enfants de Herleshausen ne s'en approchaient jamais. Ils se tenaient craintivement à l'affût, prêts à s'enfuir à tout moment. On leur avait bien sûr expliqué que leur école était contaminée.

Le soir même, Ayse eut une grosse fièvre et, le lendemain matin, Janna-Berta perdit tout appétit. Elle se sentait molle, elle avait de la température et de la diarrhée. Ses amygdales étaient gonflées et lui faisaient mal. Le médecin se pencha sur elle et lui passa la main dans les cheveux. Des mèches blondes restèrent accrochées entre ses doigts. Il hocha la tête d'un air préoccupé. C'était bien ça.

L'espoir de pouvoir s'enfuir disparaissait. Janna-Berta regarda Lara s'en aller. Des parents étaient venus chercher la mère et la fille. Elles avaient de la chance.

Dans la salle, la plupart des autres enfants présentèrent les mêmes symptômes qu'Ayse et Janna-Berta. Après quelques jours d'apparente bonne santé, leur état se dégradait. Torturés par une forte fièvre et la diarrhée, ils se plaignaient doucement ou somnolaient, indifférents à tout. Un matin, Ayse se mit à pousser des hurlements hystériques. Elle s'était peignée, et de grosses mèches de ses beaux cheveux noirs étaient restées accrochées au peigne. Des plaques de peau étaient apparues sur son crâne. Comme Janna-Berta posait son bras sur ses épaules pour la consoler, Ayse la frappa. Effrayés, les autres enfants la regardèrent fixement et passèrent leur main à la dérobée sur leur propre tête.

– Tu n'as pas mal, ma petite, dit l'infirmière pour tenter de la consoler. Et ça va repousser.

Janna-Berta sentit s'insinuer en elle la peur de se retrouver chauve. Une fille sans cheveux... Ça n'éveille pas la pitié, bien au contraire, ça fait rire. Elle s'imagina dans la situation de celle dont on se moque. Et elle décida de ne plus se peigner.

Indifférente, elle laissa les médecins l'examiner, non sans remarquer qu'ils haussaient les épaules dans un geste d'impuissance.

Elle entendit un médecin dire à une infirmière :

– Tous ces cas devraient être traités dans un hôpital spécialisé.

– Mais il y en a des dizaines de milliers, dit l'infirmière.

– Des centaines de milliers! corrigea le médecin. Sans compter ceux qui y passeront dans les années à venir, dit-il d'une voix assourdie, désignant Ayse et Janna-Berta. Bel avenir. Quand je pense que...

Il s'interrompit et, en silence, poursuivit son chemin, le visage fatigué. Ayse se recroquevilla sur son lit et gémit. Pour finir, elle s'agenouilla, tourna le dos à la tête du lit, et se pencha jusqu'à toucher le matelas avec le front.

– Qu'est-ce que tu fais? s'écria Janna-Berta, effrayée.

– Je prie, expliqua-t-elle en essuyant la sueur qui perlait sur son visage.

– Tu crois que c'est utile? demanda Janna-Berta.

Mais Ayse ne répondit pas. Les yeux fermés, elle se prosternait dans un mouvement continu et régulier qui fit s'endormir Janna-Berta.

On évacuait les enfants gravement malades. On couchait les nouveaux arrivants dans des lits qui n'avaient pas encore eu le temps de refroidir. Des anciens compagnons de lit de Janna-Berta, il ne restait plus qu'Ayse. Celle-ci ne parlait plus que de ses cheveux. Elle obligeait son amie à lui décrire sa nuque. Janna-Berta, elle aussi, était très préoccupée par sa chevelure. Elle demandait à Ayse de la peigner avec beaucoup de précautions. Mais les séances de coiffage finissaient par des colères et des larmes, lorsqu'une mèche restait accrochée au peigne.

Janna-Berta avait de plus en plus envie de revoir ses parents.

– Mon Dieu, fais qu'ils vivent et viennent me voir ! implorait-elle, sinon, tu n'existes pas.

Elle mit Dieu à l'épreuve, lui posa des conditions. Elle compterait jusqu'à cinquante, pour qu'il fasse apparaître ses parents. À quarante-trois, la porte s'ouvrit. Janna-Berta leva la tête. Mais ce n'était que Tünnes avec les thermomètres.

– Tünnes, demanda-t-elle d'une voix sourde, as-tu fini par poser la question ?

– Oui, dit-il en essayant d'éviter son regard. Ils ne sont pas dans les fichiers. Toujours pas.

– Ma grand-mère non plus ? questionna-t-elle, désemparée.

Il secoua la tête.

– Dieu sait où ils sont, dit-il. En tout cas,

tout est encore possible. Et toi, commence par guérir, après nous verrons.

– Je crois que tu veux simplement me ménager, commenta-t-elle.

Un thermomètre tomba de son plateau, et il fut obligé de balayer les débris de verre. Un peu plus tard, après que tout le monde eut pris sa température, il passa près du lit de Janna-Berta et lui caressa la tête.

– Pas sur les cheveux! protesta-t-elle d'un air effrayé. Il suffit que l'on s'en approche pour qu'ils commencent à tomber.

Elle prit sa main, la posa sur ses yeux et la tint longtemps ainsi.

Ce soir-là, Janna-Berta s'intéressa à nouveau aux informations. Mais elle ne comprenait plus ce qui se passait. Il était question d'un changement de gouvernement. Renversement, salutations et prestation de serment. À Bonn, dans le quartier du gouvernement, un grand nombre de vitres avaient été brisées. Des gens, venus de la région sinistrée, protestaient. Le journaliste parla de cinquante mille personnes. On vit des escadrons de balayeurs faire disparaître les éclats de verre. Puis, en gros plan, deux chevreuils morts dans l'herbe : dans le nord et l'est de la Bavière, le gibier crevait par milliers.

Des chevreuils morts dans l'herbe. Janna-

Berta ne put s'empêcher de penser à Uli. Elle ferma les yeux et tourna la tête.

Ayse demanda à Tünnes de lui procurer un foulard et Janna-Berta voulut un bonnet. L'après-midi, il arriva avec un carton plein de bonnets. Il les avait collectés de maison en maison : des bonnets d'enfant, certains déjà raccommodés, feutrés, délavés. Mais les enfants se les arrachèrent. Tünnes fit une petite révérence et tendit un foulard à Ayse. Tout heureuse, Ayse le noua autour de sa tête en laissant passer une dernière boucle sur son front.

– Est-ce qu'on se rend compte de quelque chose? demanda-t-elle.

Janna-Berta fit non de la tête. Elle essaya le bonnet. Un bonnet dans un lit? Elle le fourra sous son oreiller.

Comme elle se rendait aux toilettes, lentement, en longeant les murs, elle croisa Tünnes dans le couloir. Il la regarda en souriant et dit :

– Est-ce que quelqu'un t'a déjà dit que tu ressembles à Lilofée?

Elle s'appuya contre le mur et réprima son envie de vomir.

– Je ne ressemble pas à Lilofée, dit-elle, d'ailleurs, je ne sais même pas qui c'est. Et puis, regarde bien de quoi j'ai l'air avec des cheveux. Dans quelques jours, je n'en aurai plus du tout.

– C'est secondaire.

– Est-ce que tu crois qu'un garçon peut tomber amoureux d'une fille chauve?

Il la regarda, puis leva la tête, fixa un tableau qui représentait le circuit de l'eau et dit, d'un ton pas très convaincu :

– Les cheveux, ça n'a pas d'importance. Pour celui qui voit les choses autrement, ce n'est pas une perte.

Il lui fit un signe de tête et continua son chemin. Elle le suivit des yeux et essaya de ravaler ses larmes. Un peu plus tard, de retour dans la salle, elle rapporta à Ayse les propos de Tünnes.

– En ce qui nous concerne, c'est différent, dit Ayse d'un air sombre.

– On dit qu'ils repoussent, fit Janna-Berta. Mais je ne le crois pas. Je ne crois plus rien du tout.

– Plus rien du tout? demanda Ayse. Même pas que tes parents vivent encore?

Janna-Berta réfléchit.

– Si, finit-elle par répondre. Ça, je le crois.

Le lendemain matin, Janna-Berta sourit à Tünnes. Il répondit à son sourire d'un air distrait.

– On n'a jamais vu une chose pareille ! s'écria-t-il. Voilà que les Français se révoltent et font le siège de leurs propres réacteurs nucléaires ! Et leur gouvernement qui affirme à tous vents que leurs centrales atomiques sont les plus sûres du monde. Que *jamais* ce qui s'est passé à Grafenrheinfeld ne pourrait leur arriver !

– Je me demande si je n'ai pas déjà entendu ça quelque part, ironisa le médecin qui passait à ce moment-là.

Tünnes se pencha vers Janna-Berta.

– Et toi, qu'est-ce que tu penses du tapage que font les Français ? demanda-t-il.

– Rien, dit-elle en se tournant vers le mur.

Elle avait une forte fièvre et la diarrhée ne voulait pas cesser. Ses draps étaient parsemés de cheveux. De grosses touffes de cheveux. Elle resta plusieurs jours sans se peigner. Mais un jour, Ayse la prit par les cheveux et se retrouva avec une pleine poignée dans la main. Janna-Berta avait maintenant une grande plaque chauve.

– Tu vois... dit Ayse en riant.

Janna-Berta la gifla. Elle demanda un peigne à l'infirmière et se coiffa longuement et avec rage jusqu'à ce qu'il ne lui restât plus que quelques cheveux épars au-dessus des oreilles.

Elle tira le bonnet de sous son oreiller et se l'enfonça sur la tête.

Tünnes avait une nouvelle à lui communiquer :

– Tu figures dans les fichiers de recherche... à ton adresse actuelle !

La nouvelle la mit sens dessus dessous. Jamais elle n'avait envisagé de se retrouver dans les fichiers.

– Ta famille va bientôt se manifester, poursuivit Tünnes.

Janna-Berta se perdit dans ses pensées. Si ses parents et Jo étaient encore en vie, ils s'adresseraient sûrement à l'Office de recherche de la Croix-Rouge. Il était possible qu'un jour, aujourd'hui peut-être ou demain, la porte s'ouvrît et que Maman ou Papa...

Ayse s'efforça de renouer le foulard qui avait glissé de sa tête. Mais elle était trop faible. Son corps se couvrit de sueur.

– Aide-moi, lui demanda-t-elle.

Janna-Berta fit celle qui n'avait rien entendu. Depuis qu'Ayse lui avait arraché les cheveux, elle ne lui parlait plus. Elle enfonça son bonnet sur les oreilles et se coucha de façon à ne pas perdre de vue la porte de la salle.

CHAPITRE VIII

Quatre jours plus tard, Janna-Berta sentit dans son demi-sommeil que quelqu'un se penchait au-dessus d'elle.

– Janna-Berta, disait doucement une voix de femme tandis qu'une main fraîche lui touchait le bras.

Janna-Berta sursauta et ouvrit brusquement les yeux. Mais ce n'était pas quelqu'un qu'elle attendait. C'était Helga. Helga Meinecke, de Hambourg, la sœur de Papa.

– Te voilà donc, dit-elle. Pourquoi es-tu entrée si tardivement dans les fichiers ? Je m'imaginais déjà que tu étais avec tes parents...

– Quoi ? réagit Janna-Berta. Qu'est-ce qui leur est arrivé ?

Helga la regarda d'un air gêné :

– Tu ne sais donc pas ?

Janna-Berta secoua la tête. Elle fit une

grimace, ses yeux se remplirent de larmes. Puis elle lança comme par défi :

– D'où le sais-tu ? Ils ne sont pas dans les fichiers.

Helga lui prit les mains et hocha la tête.

– Si, dit-elle. Ils sont sur la liste des victimes... si c'est ce que tu veux dire.

– Kai aussi ? demanda Janna-Berta d'une voix presque blanche.

– Oui.

– Jo aussi ?

– Jo aussi.

Alors Janna-Berta se mit à hurler. D'une voix stridente. Les enfants, effrayés, la dévisagèrent et plusieurs petits se joignirent à elle. Tünnes entra précipitamment dans la salle, suivi d'une infirmière. Ils repoussèrent Helga et se penchèrent sur Janna-Berta, qui les frappa.

– Menteurs ! cria-t-elle en arrachant son bonnet et en le lançant au visage de Tünnes.

Tünnes la maintint fermement jusqu'à ce que l'infirmière lui eût fait une piqûre. Ses cris convulsifs s'espacèrent. Ses paupières se fermèrent. Elle gémit encore un moment, puis se tut.

– Je ne voulais pas te faire de mal, dit Tünnes. Malade comme tu es...

Il posa son bonnet sur la couverture. D'un geste, elle l'envoya par terre.

Désarmé, Tünnes haussa les épaules. Comme quelqu'un l'appelait dans le couloir, il disparut, soulagé. Helga se rassit sur le bord du lit. Mais Janna-Berta garda les yeux clos. Au bout d'un moment elle s'endormit.

Lorsqu'elle se réveilla quelques heures plus tard, Helga avait disparu. Il faisait nuit. Dans le coin, la veilleuse répandait sa pâle lumière. Une fenêtre était entrouverte. Dehors, la lune brillait, lançant son éclat sur le mur de la salle. Ça sentait le jeune feuillage et la terre fraîche. Janna-Berta pensa à ses parents. Elle aurait tellement aimé les voir. Elle se souvint d'une promenade dans le massif de la Rhön. Dans son porte-bébé, balancée au rythme du pas des parents. Ils avaient joué à la lancer en l'air, très haut. Mais elle n'avait pas eu peur. Avec eux, il ne pouvait rien lui arriver. Elle avait crié : « Encore ! Encore ! »

Plus tard, ils avaient porté et balancé Uli et Kai pareillement, et le porte-bébé était déjà passablement usé. Lors de sa dernière visite, Almut l'avait emporté comme modèle pour en coudre un nouveau. On n'en trouvait pas de pareils dans le commerce. C'était Jo qui l'avait imaginé.

Almut, à supposer qu'elle vécût encore, n'aurait pas à rendre le vieux porte-bébé. Il avait suffisamment servi et, chez les Meinecke, il n'y avait plus d'enfant à faire sauter en l'air.

Janna-Berta pensa à Kai. C'était un petit garçon rondouillard, avec des fossettes aux joues et aux mains. Il en avait même une au menton. Elle était incapable de l'imaginer mort. C'était toujours du vif-argent, un « bilboquet », comme disait Mamie Berta. Et Jo avait dit un jour à Maman : « On pourrait l'oublier toute une nuit dans le jardin, le lendemain matin on le retrouverait couvert de neige mais souriant devant la porte, et il n'éternuerait même pas. »

Jo... la douce odeur du fenouil, les cheveux bruns et frisés, déjà poivre et sel, la raie au milieu, les yeux marron, du duvet sur la lèvre supérieure, la fossette au menton dont Kai avait hérité. Jo qui changeait d'appartement tous les trois ou quatre ans après s'être chaque fois débarrassée de tout un « fourbi » inutile.

Janna-Berta l'avait si souvent entendue dire des phrases du genre : « J'aime voyager avec un simple bagage. Quoi... Ça fait déjà trois ans que j'habite dans cet appartement de la Jakobystrasse? Il est temps que je déménage, sinon je vais m'engluer ici. »

À chaque déménagement, un grand nombre de photos avait pris le chemin de la poubelle. Dans son cadre défraîchi, une seule n'avait jamais disparu de ses salles de séjour successives. Elle montrait un jeune caporal de la Seconde Guerre mondiale : l'uniforme trop grand, les cheveux coiffés en arrière, complètement démodé. Mais Janna-Berta avait aimé son visage. Il avait été tué à dix-huit ans, à quelques jours de la fin de la guerre. Toute petite déjà, cela l'avait rendue très triste. Ce caporal avait appelé Jo Janna. Après sa mort, elle n'avait plus jamais accepté que quelqu'un l'appelât ainsi. Quelques années après la guerre, elle avait épousé un certain Karl Joost. Une fille était née, la mère de Janna-Berta. Puis elle avait divorcé. Mais jamais elle n'avait été infidèle au mort. Elle l'avait un jour expliqué à Janna-Berta. Et quand sa fille avait eu à son tour une fille, avec le désir de lui donner un prénom qui rappelât sa mère et sa belle-mère, Jo avait protesté.

« N'appelez pas cette pauvre enfant Johanna ! S'il faut absolument qu'elle s'appelle comme moi, alors appelez-la Janna. »

À trente-cinq ans, divorcée depuis longtemps, elle avait encore eu un enfant, une fille à la tignasse toute noire. Elle n'avait jamais parlé du père de l'enfant, et quand Janna-Berta avait un jour demandé à Almut qui était son père, celle-ci avait répondu en riant : « Ben voyons ! Le caporal qui est sur la photo de Jo ! »

Un rayon de lune se promenait sur le mur de la salle. Ayse gémissait. Janna-Berta tendit le bras et trouva sa main. Elle était très chaude. Janna-Berta appela l'infirmière. La porte du couloir était ouverte. Une femme qu'elle ne connaissait pas jeta un regard à l'intérieur de la pièce.

– De la fièvre? demanda-t-elle. C'est pour ça que tu me déranges. Qui ici n'a pas de fièvre? L'infirmière dort. Ce n'est pas étonnant avec seize heures de service ininterrompu! Laisse-la dormir. Demain matin il sera encore temps.

Janna-Berta tenait fermement la main d'Ayse. Elle sentait son pouls battre rapidement. Elle essaya de se tenir éveillée, mais ses yeux se fermèrent. Elle rêva de la maîtresse d'Uli. Elle passait en voiture près de lui et lui criait par la vitre entrouverte : « Viens, monte, Uli! Si tu t'assois sur les valises et que tu baisses la tête, ça ira! »

Uli, le visage et le fond de culotte tout sales, se tourna vers Janna-Berta et la regarda d'un air interrogateur.

« Monte, Uli, monte! cria Janna-Berta. Le nuage arrive! »

Uli courut à côté de la voiture, mais celle-ci ne s'arrêta pas.

« Je ne peux pas m'arrêter! s'écria l'institutrice. Ils sont tellement nombreux derrière moi.

– Ouvrez la porte! lui lança vivement Janna-Berta. Uli peut monter en marche! »

Mais la portière était coincée. Uli s'était accroché à la poignée et se laissait traîner.

Elle s'entendit crier :

« Le nuage, le nuage! »

La voiture qui suivait celle de l'institutrice sortit de la file pour doubler sur la droite. Un nuage de poussière s'éleva, un choc sourd et la voiture partit en trombe.

– Ne crie pas comme ça! dit l'infirmière en secouant Janna-Berta. Tu vas réveiller tout le monde.

Janna-Berta se dressa sur son lit et lâcha la main d'Ayse.

– Uli a tellement chaud, balbutia-t-elle.

– Qui? demanda l'infirmière.

– Ayse, dit Janna-Berta. Ayse.

L'infirmière se pencha sur le lit d'Ayse, puis elle roula la literie et l'emporta.

– Elle est morte? demanda Janna-Berta.

– Chut, murmura l'infirmière. On la met dans une autre salle, c'est tout.

Helga revint après le petit déjeuner. Elle avait passé la nuit dans une auberge.

– Tu ne dois pas avoir beaucoup dormi, dit-elle. Moi aussi, j'ai eu une mauvaise nuit.

Elle hésita. Regarda autour d'elle.

– Dans quelles conditions vous vivez, ici ! Sommes-nous vraiment en Allemagne fédérale ?

– Vous n'êtes pas au courant ! lui lança un père qui s'occupait de son enfant deux lits plus loin. Nous sommes maintenant un pays en voie de développement !

Helga ne lui répondit pas.

– Pourquoi ne demandes-tu pas des nouvelles d'Uli ? dit Janna-Berta. Il n'est sûrement pas dans les fichiers de recherche. Dans aucun fichier et sur aucune liste.

– J'ai peut-être peur de la réponse, fit Helga.

Janna-Berta la regarda. Elle était assise là, très droite, un modèle de maîtrise de soi.

« Ne jamais perdre contenance ! » Janna-Berta entendait Papy Hans-Georg parler. Il n'aimait pas que l'on fonde en larmes. En revanche, Papa n'était pas fait à son image. Elle l'avait vu pleurer quand Uli avait séjourné à l'hôpital et que le médecin n'avait pas laissé beaucoup d'espoir.

– Au départ, il était avec moi, raconta Janna-Berta. Nous n'étions pas allés avec eux à Schweinfurt. Nous avons fui Schlitz à vélo. Il est mort. Écrasé par une voiture.

Helga se leva, se détourna et sortit. Par la

fenêtre, Janna-Berta la suivit des yeux. Helga traversa la place devant l'école et disparut entre les maisons.

Elle ne revint qu'au bout d'une bonne heure.

– Excuse-moi, dit-elle.

– Ici, chacun pleure quand il en a envie.

– J'en suis incapable.

Elle avait parlé avec le médecin. Il ne l'avait pas encore autorisée à emmener Janna-Berta.

– Je vais faire le nécessaire pour que tu sois hospitalisée à Hambourg, dit-elle. On y a bien sûr réquisitionné le personnel pour les régions sinistrées, mais tu y seras quand même mieux qu'ici. Tu seras dans une chambre à deux lits...

– Je reste ici, dit Janna-Berta sans réfléchir.

Helga haussa les épaules.

– Comme tu veux... Je ne vais pas te forcer. Tu es assez grande pour savoir ce que tu fais. Mais réfléchis bien.

Au moment de partir, Helga s'anima tout à coup pour persuader Janna-Berta de mettre un bonnet.

– Mets-le surtout si tu sors, insista-t-elle.

– Je n'ai rien à cacher, dit Janna-Berta. Je suis chauve. Il faut que je vive avec ça.

Puis Helga fit jurer à Janna-Berta de ne pas révéler aux grands-parents, encore à Majorque, que sa mère, son père et ses frères étaient morts.

– Ils ne supporteraient pas le choc. Peut-être que nous pourrons le leur dire un jour, petit à petit. Je vais essayer de retarder leur retour le plus longtemps possible, expliqua-t-elle.

Helga pensa leur raconter que leur fils, leur belle-fille et leurs deux petits-enfants étaient en traitement dans un sanatorium spécial interdit aux visiteurs.

– Non, protesta Janna-Berta. En tout cas, moi, je ne marche pas dans la combine.

– Est-ce que tu veux que tes grands-parents meurent de chagrin ? s'exclama Helga.

Janna-Berta la regarda sans répondre.

– Dans ce cas, tâche au moins de te taire et de ne rien leur dire, la pria Helga en caressant son crâne chauve. Trois semaines encore, a dit le médecin. Plus que trois semaines. Puis je viendrai te chercher. Hambourg sera ton nouveau chez-toi. Penses-y si tu te sens malheureuse.

– Et Almut et Reinhard ? demanda Janna-Berta. C'est chez eux que je voudrais aller...

– Je ne sais pas où ils sont actuellement.

– Tu les as cherchés dans le fichier?

Helga hésita, puis elle secoua la tête.

– Tu n'as pas besoin de me ménager, affirma Janna-Berta.

– Admettons qu'ils vivent, fit Helga. En tout cas, ils ne sont plus chez eux et ont été évacués quelque part. Tu ne peux pas les embêter davantage. Chez moi, tu auras ta chambre. Les Friemel, de Hassfurt, sont aussi chez moi depuis la catastrophe. Tu te souviens d'eux? Des parents du côté de Mamie Berta. Mais ils resteront tout au plus jusqu'à la levée de l'interdiction de la zone C. Et ce sont des gens très paisibles...

Quand elle fut partie, Janna-Berta croisa les mains sous sa tête et regarda fixement le plafond. Vers midi, elle apprit qu'Ayse était morte.

Durant les trois semaines qu'elle dut encore passer à Herleshausen, beaucoup d'enfants moururent. Ce furent des journées monotones et interminables. Seuls les informations quotidiennes... et les rêves apportaient du changement.

Janna-Berta avait parfois l'impression qu'elle vivait plus intensément la nuit que le jour. Le jour, elle était plongée dans une morne apathie, harcelée par l'envie de vomir, la fièvre et les migraines. Rien que lever la tête lui demandait des efforts. Quand Tünnes s'approchait de son lit, elle fermait les yeux.

En revanche, elle avait peur des nuits avec leurs cauchemars sans fin :

M. Benzig abattait un magnifique colley dans la cour de l'école.

Elmar, le premier de la classe, se tenait sur le balcon de leur immeuble sur le flanc de la colline, et faisait flotter son mouchoir.

« Vent du sud-est ! criait-il. Vent du sud-est ! »

Les Trettner et les Miltner essayaient de passer par-dessus le mur de la gare de Bad Hersfeld pendant qu'elle, Janna-Berta, dans le tourbillon de la bousculade, perdait les enfants Heubler sur le quai de la gare. Elle entendait les petites filles crier, elle essayait de les aider, n'arrivait plus à les retrouver.

Et elle se réveillait baignée de sueur.

Mais pas pour longtemps : elle était à Herleshausen devant la porte et elle sonnait. La femme qui lui ouvrait ne lui était pas inconnue, Mme Soltau la regardait par l'entrebâillement de la porte et disait : « Commence par aller chercher ton frère, après tu auras à boire. »

Puis, avec ses amies Meike et Ingrid, elle traversait un immense champ de colza à la recherche d'Uli. Elle n'arrivait pas à le trouver bien qu'il fît sans cesse : « Coucou ! Coucou ! »

Ingrid disait craintivement : « Je crois que nous ferions mieux d'arrêter de chercher, sinon nous allons encore lui marcher dessus. »

Une fois, elle aperçut même sa tignasse blonde au milieu des fleurs, mais comme elle s'approchait, il disparut, et Meike dit : « Je commence à m'ennuyer. Je ne joue plus avec vous.

– Uli, Uli ! cria Janna-Berta. Sors, on arrête de jouer. »

Elle entendit à nouveau « coucou ! » dans son dos. Au moment où elle se retournait, le réacteur atomique de Grafenrheinfeld se dressa devant elle, éclaté, explosé.

Reinhard et Almut apparurent tout aussi soudainement. Tous deux étaient chauves. Ils avaient des bâtons à la main et fouillaient dans la cendre.

« Non ! cria Janna-Berta avec effroi. Le truc irradie encore. Partez ! »

Mais ils firent la sourde oreille et continuèrent à fouiller, et Janna-Berta les vit qui pleuraient. Elle courut vers Almut et voulut l'entraîner, mais Reinhard la retint en sanglotant : « Nous ne l'avons pas encore trouvé, Janna-Berta. Sois patiente. Nous ne partirons pas avant... »

Elle se réveilla à nouveau trempée de sueur. Mais, dès qu'elle se laissa retomber, elle se retrouva au bout de l'allée de tilleuls, là où celle-ci s'interrompait brusquement au bord de la rivière. Elle vit nettement les restes du pont qui, à cet endroit, avait enjambé la rivière jusqu'à la fin de la Seconde Guerre mondiale. Sur la rive opposée, à l'entrée du village, se tenait le caporal de la photo de Jo. La route qui sortait du village et conduisait à Janna-Berta s'interrompait aussi aux pieds du caporal qui faillit trébucher sur son grand manteau. Il semblait inquiet à cause d'on ne savait quoi. Il courait au bord du précipice et faisait des signes à Janna-Berta. Il lui montrait quelque chose dans son dos. Étonnée, elle se retourna et recula d'effroi : à l'arrière de Herleshausen, une masse nuageuse sombre s'amoncelait. Elle approchait, menaçante, s'étirait, remplissait la moitié du ciel. Le nuage !

Janna-Berta était au bord du précipice. La frontière passait au milieu de la rivière. Janna-Berta regardait l'autre rive avec désespoir.

« Envole-toi, Janna ! lui cria le caporal.

– Mais je ne sais pas voler ! répliqua-t-elle.

– Vole ! reprit-il. Tu sais voler, Janna. Écarte les bras et laisse-toi tomber ! »

Elle regarda encore une fois par-dessus

son épaule. Puis elle sauta. Et elle vola! Elle planait! C'était tellement simple, merveilleusement simple...

« Tu vois, dit-il, quand elle fut près de lui, nous, les morts, nous savons voler. Tu ne tarderas pas à t'y habituer.

– Je suis morte? s'étonna-t-elle.

– Ça ne te plaît pas? s'écria-t-il en riant. Tu devrais être heureuse. Maintenant il ne peut plus rien t'arriver. »

C'était ainsi chaque nuit. Il arrivait aussi parfois que Papy Hans-Georg et Mamie Berta apparaissent dans ses rêves, ou bien l'aimable employé de la Caisse d'épargne et la vendeuse de la boucherie. Ou encore les trois élèves de terminale avec qui, ce jour-là, elle était revenue de l'école, et qui poussaient la vieille Opel de Lars à travers un massif devant une maison.

Mais jamais elle ne rêvait de ses parents, de Kai ou de Jo.

Peu à peu ses envies de vomir et ses accès de diarrhée s'espacèrent. Amaigrie, pâle, affaiblie et mal assurée sur ses jambes, elle essaya de faire ses premiers pas. Elle n'alla pas bien loin. Comme Tünnes voulait l'aider, elle l'envoya promener. Mais, chaque jour, elle s'entraînait. Ses forces revenaient lentement.

Les journées se traînaient sans qu'elle souhaitât l'approche de sa sortie.

Quand Helga vint la chercher, il n'y avait à l'hôpital d'urgence de Herleshausen plus rien ni personne qui la retienne. Seuls quelques enfants, dont elle s'était occupée de temps à autre, la regardèrent partir avec tristesse, et elle agita la main pour leur dire au revoir.

Habillée de neuf des pieds à la tête, Janna-Berta avait l'impression d'être étrangère à elle-même. Helga lui avait apporté du linge de corps coûteux qui sentait l'après-Grafenrheinfeld. Elle n'avait encore jamais porté de chaussures comme celles qu'elle avait aux pieds, et dans son pantalon noir et son pull de luxe, elle ne pouvait plus bouger sans se tenir raide, mal à l'aise.

À peine furent-elles montées dans la voiture qu'Helga lui tendit un chapeau noir, mi-béret basque, mi-barrette de curé. On voyait qu'il avait dû coûter très cher. Janna-Berta le posa sur la banquette arrière.

– Moi, je le mettrais, dit Helga en fronçant les sourcils. Beaucoup de gens réagissent bizarrement à la vue de quelqu'un qui vient de la région contaminée. Il y a même des hôtels qui refusent d'héberger les évacués quand... quand on voit nettement qu'ils sont malades. Ils disent que ça fait fuir leur clientèle.

– Je comprends, répliqua Janna-Berta durement. Ils ne veulent pas qu'on leur rappelle ce qui est arrivé.

– Comme je te l'ai dit, moi, je mettrais ce chapeau.

Janna-Berta n'y toucha pas.

– Mais moi je *veux* qu'ils se le rappellent, reprit-elle.

Elle se rejeta en arrière sur le siège, sentit le vent d'été lui caresser agréablement la tête et respira le parfum des pins dont l'air était saturé. Qu'elle était merveilleuse, cette forêt ! Elle n'avait vu pendant des jours et des jours que des murs blancs.

– Ne complique pas les choses, elles le sont assez comme ça, fit Helga.

– Je n'ai rien à cacher, rétorqua Janna-Berta sur un ton cassant.

– Comme tu veux... Mais tu te fais du tort à toi-même.

Pour aller à Eschwege, elle n'emprunta que des petites routes secondaires, longeant la frontière. Elle faisait une grande boucle autour de la région contaminée. Janna-Berta apprit au cours de ce trajet que l'on se méfiait des régions qui apparemment n'avaient pas été touchées ; Helga leva les yeux au ciel lorsque, à l'occasion d'un petit arrêt, Janna-Berta voulut aller s'accroupir derrière un buisson.

– Mais tout est contaminé ! s'écria-t-elle.

– Moi aussi, répliqua Janna-Berta. Tu l'as oublié ?

Elles roulaient les fenêtres fermées en dépit d'une très forte chaleur.

– Deux précautions valent mieux qu'une, dit Helga qui ne la laissa pas non plus boire l'eau d'une source. On ne sait jamais.

Il fallut attendre la proximité de Göttingen pour qu'elle se risquât à prendre l'autoroute Kassel-Hambourg. Elles mangèrent dans un restoroute. Janna-Berta n'en crut pas ses yeux en voyant les prix.

– C'est de la viande d'exportation, et les légumes aussi, expliqua Helga. Seules les pommes de terre sont allemandes. De l'ancienne récolte. L'année prochaine, les pommes de terre devront aussi venir d'ailleurs... pour ceux qui pourront payer.

– Et que mangent ceux qui ne peuvent pas payer ? demanda Janna-Berta.

– Les choses les moins chères, répondit Helga.

Janna-Berta hocha la tête : c'était donc la nouvelle différence entre les riches et les pauvres.

Elle croisait d'un air provocateur les regards furtifs des autres clients. Elle rejeta la tête en arrière et éclata d'un rire strident. Un groupe assis à la table voisine se leva pour s'installer à une table éloignée. Elle essaya de les ignorer. Mais, de retour dans la voiture, l'angoisse qu'elle venait d'éprouver l'empêcha de parler.

CHAPITRE IX

A Hambourg, à des centaines de kilomètres de Grafenrheinfeld, la vie se déroulait normalement, au grand étonnement de Janna-Berta. Chez Helga, si l'on fermait les yeux sur les vêtements de deuil, l'ambiance feutrée, les Friemel et les coupures de courant quotidiennes, rien ne différait des visites antérieures. Janna-Berta avait une chambre à elle, et Helga n'avait pas lésiné sur le linge neuf. Elle avait même installé une chaîne dans sa chambre avec un choix de musique classique, de Bach à Orff.

Par ailleurs, interrompu durant trois semaines, l'enseignement avait repris dans les écoles de Hambourg. Helga, professeur de mathématiques et de chimie, partait le matin et revenait chez elle à midi. Les après-midi, elle préparait ses cours, écrivait des lettres ou corrigeait des copies. Souvent, elle partait à la recherche de provisions non contaminées. Elle avait refusé que Janna-Berta l'accompagne : courir ici et là lui demanderait encore trop d'efforts. Il fallait qu'elle commence par se reposer.

Helga prit son rôle très au sérieux. Elle fit examiner Janna-Berta par plusieurs médecins... Des spécialistes connus, comme elle ne manquait pas de le souligner. Janna-Berta était obligée d'avaler des médicaments et de rester assise des heures durant dans des salles d'attente. Quand elle posait des questions aux médecins, ils haussaient les épaules.

« Nous ne savons pas grand-chose sur les maladies provoquées par les irradiations, admettaient-ils. Il est fort possible que tes cheveux repoussent. Mais nous n'en sommes pas vraiment sûrs. »

Peut-être que oui, peut-être que non. Une incertitude qui l'énervait, la fatiguait, la fragilisait davantage encore !

Elle se sentait très seule. Elle fuyait les Friemel, ne sachant quoi leur dire. Elle percevait l'irritation croissante qui s'installait entre Helga et eux. L'autodiscipline aseptisée d'Helga l'énervait au plus haut point, de même que ses exigences concernant l'éducation, le comportement et la tradition.

– Il va bientôt falloir que tu retournes au

lycée, sinon tu auras trop de choses à rattraper et tu ne pourras plus suivre.

Janna-Berta prit peur. Le lycée ? C'était si loin ! Et elle se sentait tellement fatiguée. Les nuits continuaient à la tourmenter avec leurs sombres cauchemars et ne lui apportaient aucun repos.

Mais Helga tenait à ce qu'elle retournât au lycée, et les Friemel abondaient dans son sens. Janna-Berta se sentait trop faible pour se dresser contre la volonté d'Helga. Celle-ci l'inscrivit donc dans l'établissement où elle enseignait.

Le matin suivant, Janna-Berta s'y rendit le cœur battant. Elle n'était pas la seule nouvelle dans la classe. Trois autres réfugiés de la région sinistrée étaient arrivés après la réouverture des cours. Il n'y avait pratiquement pas une classe qui n'eût au moins deux nouveaux, qui, pour la plupart, avaient perdu des parents. Janna-Berta n'était donc pas un cas particulier, et, naturellement, elle essaya de se joindre à eux.

Le premier jour, une fille de Bad Brückenau désigna de façon agressive son crâne chauve :

– Pourquoi tu te balades comme ça ?

– Il faudrait que j'aie honte ?

– Non, mais tu n'as pas besoin d'exposer ton malheur aux regards de tout un chacun.

Un garçon de Bamberg approuva d'un air sombre.

– Non seulement tu te fais du tort, mais c'est un outrage pour nous tous, dit une blonde au teint très pâle. Mets au moins un bonnet ! Nous sommes des *hibakusha*, mais ce n'est pas la peine que tout le monde le sache.

– Des *hibakusha* ? demanda Janna-Berta.

Elle apprit que c'était le nom des survivants d'Hiroshima. C'était le leur à présent.

– Je suis une *hibakushi*, dit-elle plus tard en s'examinant dans le miroir de la salle de bains d'Helga.

Oui, ça se voyait tant elle avait l'air amaigri et maladif. Dans la rue, on l'évitait. Elle devait supporter les regards en coin pleins de pitié et de curiosité !

Personne ne se moquait d'elle dans son dos, mais personne ne voulait être assis à côté d'elle, aussi bien à l'école que dans le bus.

– Nous leur faisons peur, expliquait la fille de Bad Brückenau.

Janna-Berta regarda furtivement sa nuque. Elle portait une perruque.

– Je crois que c'est plus que cela, dit le garçon de Bamberg. Après la guerre, les réfugiés étaient mal vus. Pourtant, ils n'étaient pas irradiés. Ma grand-mère, qui venait de Silésie, me l'a toujours raconté. Les gens qui ont réussi à s'en sortir n'aiment pas qu'on leur rappelle sans arrêt que d'autres ont eu moins de chance qu'eux. Qu'ils sont à la merci de l'aide des autres. Et qu'ils ont *droit* à cette aide !

Janna-Berta constata bien vite que la vie à Hambourg ne se déroulait pas si normalement qu'elle l'avait pensé. Sur le chemin de l'école, elle croisait de longues queues devant les magasins d'alimentation.

– Il faut saisir l'occasion quand arrive un produit non contaminé, lui expliqua la tante Friemel.

– Pour autant que l'on peut payer, ajouta l'oncle Friemel. Actuellement, ce sont les pays du tiers-monde qui peuvent nous fournir des denrées alimentaires.

– Et les paysans, chez nous ? demanda Janna-Berta.

L'oncle Friemel eut un mouvement de lassitude.

– Tu parles !... Les trois quarts ont été obligés d'abattre leur bétail. Et personne n'a voulu de leur viande. Il n'y a qu'ici et dans quelques rares endroits que l'on produit encore du lait. Mais il ne convient ni aux enfants ni aux adolescents.

– D'ailleurs nous n'en buvons pas non plus, intervint sa femme.

– C'est comme après Tchernobyl, le lait n'aurait jamais dû être vendu à personne, reprit l'oncle Friemel.

– Ah! mon beau jardin potager! se lamenta la tante Friemel. Il ne faut pas que j'y pense. Bientôt il n'y aura plus que des mauvaises herbes dans toute l'Allemagne!

Janna-Berta observa que plusieurs bâtiments servaient à héberger des réfugiés. Le gymnase du lycée, par exemple. On avait dressé une palissade de bois entre la cour et le gymnase. Entre deux planches disjointes, Janna-Berta voyait des enfants jouer. Des adultes étaient appuyés contre le mur du gymnase ou assis au soleil sur des bancs improvisés. Ils étaient négligés. Certains somnolaient, les yeux fermés, d'autres regardaient fixement droit devant eux. Nombre de ces gens avaient l'air malades ou très fatigués. On remarquait peu de chauves, des hommes pour la plupart. Mais des femmes portaient des foulards, et beaucoup d'enfants avaient des bonnets... au beau milieu de l'été. Le concierge chassait les enfants qui grimpaient en haut de la palissade pour observer l'agitation de la cour.

– De quoi vivent-ils? demanda Janna-Berta au garçon qui venait de Bamberg.

– Il y a des cuisines roulantes qui passent, dit-il. Et la Croix-Rouge s'occupe des vêtements. En ce qui concerne les soins médicaux, je ne sais rien. Mais l'État fait sûrement le nécessaire. Au Bundestag, ils discutent au sujet d'une pension pour les sinistrés qui sont complètement sur la paille.

Quelques jours plus tard, sous le préau, Janna-Berta rencontra Elmar. Il était, lui aussi, pratiquement chauve, et son visage était tout gris.

– Elmar ! s'écria-t-elle, tout heureuse.

Il se retourna. Son regard aussi s'éclaira. Pendant toute la récréation, ils restèrent ensemble. Il ne savait pas non plus ce que les autres élèves de la classe étaient devenus.

– Un certain nombre ont dû y rester, c'est sûr, affirma-t-il. L'évacuation a commencé trop tard. C'est typique de nos hommes politiques ! Pas un n'a le courage d'endosser la responsabilité d'une mesure impopulaire.

Elmar. Il savait toujours ce qu'on aurait pu faire pour que les choses aillent mieux, et il parlait comme un adulte.

– Nous aussi, nous sommes partis tard, une fois que les routes étaient complètement encombrées, raconta-t-il. Tout ça parce que mon père ne trouvait pas je ne sais quels documents et que ma mère voulait emporter un immense fourbi. Maintenant, elle est entre la vie et la mort dans un hôpital. Mon père et moi, nous avons trouvé un abri chez des parents. C'est répugnant. Nous nous tuons à faire des courbettes pour les remercier. Mais ça vaut mieux que de crécher dans un gymnase comme ici. Les courbettes, il faut en prendre son parti : celui qui est contaminé est tout juste bon à tendre la main pour recevoir l'aumône et inspirer la pitié. Nous sommes les pestiférés de la nation.

Quand l'heure de rentrer en classe sonna, il accompagna Janna-Berta jusqu'à sa salle. Chemin faisant, au milieu du bruit et de la bousculade, il lui dit que son père avait perdu la foi.

– Autrefois, tous les dimanches matin, il m'envoyait à la messe. Maintenant, il est vexé que le bon Dieu ne lui en ait pas été reconnaissant. Au lieu de s'en prendre aux hommes politiques qu'il a élus... ou de s'en prendre à lui-même !

Janna-Berta était bouleversée. Où était passé l'ancien Elmar, le garçon le plus décontracté et le plus gai de la classe ? Avait-elle changé elle aussi à ce point, depuis qu'ils s'étaient vus pour la dernière fois ?

Maintenant, il lui arrivait souvent de rester des heures allongée sur son lit. Elle se sentait presque tout le temps fatiguée et devait se faire violence pour toute activité. La plupart du temps, elle rentrait du lycée sans avoir de devoirs à faire à la maison. Au bout de deux heures de cours, trois au maximum, elle avait des bourdonnements dans la tête. À la maison, elle se forçait à avaler quelques bouchées, puis elle s'enfermait à double tour dans sa chambre pour ne pas être dérangée et se jetait sur son lit dont elle ne bougeait plus pendant des heures.

– Tu pourrais donner un petit coup de main pour le ménage! lui faisait remarquer Helga en fronçant les sourcils. En fin de compte, nous formons une sorte de famille, toi et moi.

Non, elles ne formaient pas une famille! Jamais de la vie! Pas plus aujourd'hui qu'autrefois! Alors, Janna-Berta se mettait à empiler la vaisselle sale dans la machine, sans enthousiasme, pendant que Helga préparait ses cours ou rédigeait son courrier. Les Friemel se chargeaient des courses.

Helga essayait d'obtenir des nouvelles des membres de la famille résidant dans la zone sinistrée. Sans cesse, des lettres revenaient avec la mention : DESTINATAIRE INCONNU À CETTE ADRESSE. Mais Helga ne baissait pas les bras. Elle découvrit que le père de Janna-Berta était mort à Schweinfurt, probablement le matin même de la catastrophe. Sa mère et Kai étaient morts sous une tente de la Croix-Rouge dans la haute vallée de la Kinzig – Kai d'abord et sa mère quatre jours plus tard. Quant à Jo, elle savait juste qu'elle était morte. Pour elle, Jo ne faisait pas partie de la famille. Almut non plus. Janna-Berta fut obligée de chercher elle-même son adresse dans le fichier des recherches. Mais elle n'y trouva que la mention *adresse actuelle : École élémentaire, Wiesbaden-Bierstadt.* Une lettre envoyée à cet endroit lui revint : CHANGEMENT D'ADRESSE – NOUVELLE ADRESSE INCONNUE.

– Tu es maintenant inscrite dans le fichier des recherches à mon adresse, dit Helga à Janna-Berta. Dès qu'Almut en aura la possibilité, elle téléphonera ici.

Janna-Berta entendit Helga taper à la machine jusque tard dans la nuit. Elle écrivait à toute la famille. Elle demanda à Janna-Berta de ne pas parler à Mamie Berta et à Papy Hans-Georg de la mort de leur fils, de leur belle-fille et de leurs deux petits-enfants. Elle-même avait écrit à ses parents et les avait rassurés.

– Je leur ai expliqué que ton père se trouve avec eux dans un hôpital spécialisé, dit-elle à Janna-Berta, et que leur mauvais état de santé n'est que provisoire...

– Oui, oui, c'est l'histoire que tu m'as déjà racontée à l'hôpital, l'interrompit Janna-Berta. Le mensonge selon lequel ils n'ont pas encore le droit d'écrire parce que l'hôpital est sévèrement protégé du monde extérieur, n'est-ce pas ?

– Oui, c'est un mensonge, se fâcha Helga, mais je fais cela pour leur bien !

– Tu penses qu'ils vont croire à ton histoire ? demanda Janna-Berta. Moi, en tout cas, je n'y croirais pas.

– Ils y croient. Parce qu'ils veulent y croire. Ils ne peuvent pas savoir que tes parents et Kai étaient à Schweinfurt. Je leur ai vivement recommandé de rester à Majorque jusqu'à ce que tout ici se soit normalisé. Après j'irai les chercher. Les Friemel ne resteront pas éternellement chez moi. Naturellement, je leur ai fait virer de l'argent. Être à Majorque, c'est vraiment ce qui pouvait leur arriver de mieux.

Janna-Berta sentit son corps se couvrir de sueur. Elle dut se recoucher pour pouvoir réfléchir.

Elle imagina Mamie Berta en train de tricoter. Sûrement une veste bavaroise pour Kai ou un bonnet rayé multicolore pour Uli. Assise sous un parasol aux couleurs éclatantes, avec devant elle l'inévitable tasse de café, et Papy Hans-Georg lui faisant la lecture, car elle ne voyait plus très clair. Elle appréciait beaucoup les histoires qui finissent bien.

Elle disait : « Nous sommes trop vieux pour les tragédies », et Papy Hans-Georg d'approuver en hochant la tête. Souvent, elle avait essayé de s'imaginer son grand-père en capitaine d'artillerie lourde pendant la dernière guerre.

Un jour, Almut avait raconté à Janna-Berta que Mamie Berta avait été un membre haut placé de la Frauenschaft, l'organisation des femmes nazies. Quand Janna-Berta avait questionné sa grand-mère, celle-ci l'avait envoyée promener : « Ah ! ne me parle pas de cette époque ! C'est tellement loin, toute cette histoire ! Je devais organiser des soirées pour les soldats blessés, il n'y a pas de mal à cela. »

Mamie Berta était très peu loquace, en ce qui concernait l'époque hitlérienne. Papy Hans-Georg n'en était que plus bavard.

« Faut-il toujours que tu remues tout cela, Hans-Georg ? lui reprochait Mamie Berta. Je ne veux plus entendre parler de la guerre et de toutes ces horreurs. Dans ta vie, tu ne t'es pas contenté que de tirer au canon ! »

Il y avait sûrement longtemps que Mamie

Berta et Papy Hans-Georg avaient cessé de lire des reportages sur la catastrophe atomique allemande. Il était probable aussi qu'ils n'en parlaient plus. Janna-Berta avait la douce voix de sa grand-mère dans l'oreille : « Tais-toi, Hans-Georg, je ne veux plus entendre parler de cette histoire épouvantable ! »

Janna-Berta ouvrit brusquement la fenêtre. Le rideau lui vola au visage. Elle eut tout à coup une envie effrénée de voir la mer. Ou au moins une vaste étendue d'eau. Elle sortit en courant sans répondre à la question de la tante Friemel :

– Où vas-tu si vite, mon enfant ?

Elle traversa la foule des passants qui la regardaient avec compassion ou dégoût, longea le socle en béton sur lequel quelqu'un avait bombé en lettres géantes : DITES BIEN MERCI À VOS POLITICIENS POUR CE QU'ILS ONT FAIT ! et, près d'un kiosque à journaux, elle lut les gros titres : L'ALERTE EST ENFIN PASSÉE ! et LE RÉACTEUR N'IRRADIE PLUS !

Janna-Berta resta interdite. Helga le savait sûrement. Pourtant, elle n'en avait rien dit. Ces choses n'avaient-elles pas assez d'importance à ses yeux ? Janna-Berta prit conscience qu'Helga ne parlait jamais des événements politiques quotidiens.

En passant devant son lycée, Janna-Berta tomba sur Elmar. Son crâne chauve contrastait vivement avec le mur sombre contre lequel il s'appuyait. Janna-Berta se dirigea vers lui comme vers une bouée de sauvetage.

– Qu'est-ce que tu fais ici l'après-midi? lui demanda-t-elle.

– Je ne suis pour ainsi dire nulle part. En fin de compte, l'endroit où je suis n'a pas d'importance.

Elle l'interrogea sur ses devoirs.

– Je ne les fais plus, précisa-t-il en haussant les épaules.

– Si tu n'as rien de prévu, viens avec moi jusqu'à l'Alster.

– Je n'ai rien de prévu, affirma-t-il en se décollant du mur, si ce n'est d'en finir le plus vite possible avec cette chienne de vie.

Ils durent s'arrêter à un carrefour. Quelqu'un dans leur dos dit à voix basse, mais pas assez pour qu'ils ne l'entendent pas :

– Mince, ils se sont fait avoir!

Elmar se retourna brusquement et hurla :

– Et vous, vous ne vous êtes pas fait avoir? Ici aussi, c'est descendu! C'est descendu partout! Moins fort? Sans mettre de vies en danger? Qui dit cela? Le ministre de l'Intérieur? Les hommes politiques? Faites-moi confiance : la terre, l'air, les produits alimentaires – tout est contaminé ! Même si on ne vous a pas scalpés, vous êtes programmés pour avoir le cancer ! Qu'est-ce que quatre cents, cinq cents kilomètres dans un cas de risque radioactif majeur ? Une seule question demeure : *quel* va être votre cancer ? Quant à vos petits-enfants, ils vont être atteints d'étranges difformités. Elles aussi sont programmées. Préparez-vous à répondre à la question : comment ça a pu arriver ?

Personne ne répliqua. Ceux qui avaient chuchoté regardaient dans une autre direction. Quand le feu passa au vert, les gens s'empressèrent de traverser. Elmar, seul, oublia qu'il voulait traverser.

– Ils vous tueront tous ! hurla-t-il dans le dos des passants.

Janna-Berta était restée près de lui. Elle sentit la sueur lui couvrir le corps. Ses genoux se dérobaient sous elle. Elle dut s'appuyer contre le poteau.

– Viens, dit-elle, on fait demi-tour. Je n'en ai plus envie.

– Envie ? Tu as dit *envie* ?

Quand Janna-Berta arriva à la maison, les Friemel étaient assis devant le téléviseur. L'oncle Friemel portait un jogging bien qu'il ne courût jamais. Il avait ouvert la fermeture

Éclair de la veste. On voyait son maillot de corps qui soulignait son ventre. L'oncle Friemel fumait quoique Helga ne pût supporter l'odeur du tabac.

– Viens t'asseoir avec nous, dit la tante Friemel. Il y a enfin quelque chose de drôle à la télé.

Ils se poussèrent sur le canapé.

– Est-ce que vous étiez pour ou contre l'énergie atomique? demanda Janna-Berta sans s'asseoir.

– Vois-tu, dit l'oncle Friemel, on ne savait rien concernant les risques. Pas vrai, Bärbel?

Sa femme fit comprendre d'un geste qu'elle n'avait pas envie de répondre.

– Et après Tchernobyl? insista Janna-Berta.

– Tchernobyl..., dit l'oncle Friemel en haussant les épaules, Tchernobyl était un réacteur russe.

– Mais vous allez arrêter! protesta sa femme.

Janna-Berta se retira dans sa chambre. Elle se sentait tellement faible qu'elle réussit tout juste à s'asseoir sur la première chaise venue. Sans se lever, elle prit une serviette dans l'armoire à linge. C'était une très vieille et solide serviette en lin qui provenait du trousseau de Mamie Berta, avec les initiales BL, Berta Lothammer. Le nom de jeune fille de Mamie Berta. Elle était tellement fraîche que Janna-Berta s'en recouvrit le visage. Elle se rejeta en arrière et resta un moment dans cette position, immobile, les yeux fermés, jusqu'à ce que les paroles d'Elmar lui remontent à la mémoire. Elle voulut se cacher les yeux avec les mains, sentit la toile, se souvint de la serviette et se l'arracha avec violence.

Le soir, Helga vint la voir dans sa chambre.

– C'est bientôt ton anniversaire. Et je trouve que nous devrions le fêter, malgré tout. Nous inviterons les membres de la famille, du moins ceux qui habitent dans le coin et...

– ... et s'ils vivent encore, la coupa Janna-Berta.

Helga fit celle qui n'avait pas entendu.

– L'oncle Fred et la tante Käthe de Harburg viendront avec Margret et Mia, poursuivit-elle. Ils ont déjà accepté. Et d'Oldenburg viendront Werner, Max et Thea. Les Schnorrmann de Bielefeld...

– Je ne veux voir personne.

– Ils viendront parce qu'il faut que tu saches que tu n'es pas toute seule, lui expliqua

Helga avec un calme exagéré. Mais il y a une chose que je voudrais te demander, c'est de porter une perruque au moins ce jour-là.

– Tu crois que ces dernières semaines ils n'ont jamais rencontré de chauves ?

– Bien sûr que si ! Mais ce n'étaient pas des gens de la famille. La différence est grande.

– Tu penses qu'on n'est pas concerné par ceux qui ne sont pas de la famille ?

– Tu es énervée, aujourd'hui. Nous en reparlerons une autre fois.

Sur quoi, elle quitta la chambre.

La nuit, Janna-Berta rêva d'un immense champ de colza en fleur. Un nuage se formait au-dessus. Et, au beau milieu des fleurs de colza, Elmar se dressait, tout petit, perdu, et il criait.

CHAPITRE X

Par un samedi pluvieux, Almut apparut sur le seuil de la porte : fluette et amaigrie, des cernes sous les yeux. Janna-Berta lui sauta au cou.

– Pourquoi n'as-tu pas téléphoné? demanda-t-elle dans un sanglot.

– Après tout cela, il n'est pas facile de parler de soi au téléphone. Moi, en tout cas, j'en suis incapable. Quand tu étais encore dans le fichier des recherches à l'adresse de Herleshausen, j'y suis allée. Mais tu étais déjà partie. Là-bas, j'ai appris qu'Helga était venue te chercher.

Almut voulut saluer Helga, mais celle-ci n'était pas à la maison, et les Friemel étaient assis devant la télé. Janna-Berta aida Almut à quitter son imperméable et l'emmena dans sa chambre.

– J'ai aussi trouvé le nom d'Uli sur la

liste des décès, dit Almut. Est-ce que c'est vrai ?

Janna-Berta fit signe que oui.

– Parle-moi de lui.

D'une voix hésitante, Janna-Berta rapporta les faits laconiquement, en deux ou trois phrases.

Almut l'écouta en silence.

– Il n'est pas encore enterré, dit Janna-Berta. Je ne peux m'empêcher d'y penser souvent. C'est comme si, la nuit, dans sa chambre toute froide, il n'était pas couvert.

Almut s'assit sur le lit de Janna-Berta. Celle-ci s'installa à côté d'elle et posa son bras sur ses épaules.

– Tu as encore tes cheveux, remarqua-t-elle en faisant glisser ses doigts dans les mèches brunes d'Almut.

– Oui, les cheveux, dit Almut.

– Et... et votre enfant ? demanda Janna-Berta après un moment de silence.

Almut leva la main puis la laissa retomber.

– Tu as... ? murmura Janna-Berta.

Almut hocha la tête. Elle attira Janna-Berta contre elle et se mit à pleurer.

– C'est une des raisons qui ont fait que je ne suis pas venue plus tôt, expliqua-t-elle. Partout dans les hôpitaux, il y a une affluence terrible. Il faut s'inscrire des semaines à l'avance. C'est écœurant !

– On ne pouvait pas faire autrement ?

– Non. On nous l'a expressément conseillé. À toutes les femmes enceintes des environs de Schweinfurt qui étaient dans leur troisième mois de grossesse. Nous avons longtemps réfléchi. Mais, après l'exode, j'ai vomi pendant des jours et j'ai eu une diarrhée dont j'ai failli mourir. Et plein de sang dans les selles. Reinhard pareil. Nous sommes partis trop tard. Nous avions dû nous occuper des élèves d'abord !

Janna-Berta s'était mise à pleurer, elle aussi.

– Le pire, c'est que personne ne peut nous dire si nous pourrons avoir des enfants un jour. Des enfants normaux...

Elle eut un rire bref :

– Pas des enfants avec un œil au milieu du front ou des enfants à deux têtes.

Elle s'effondra, se couvrit le visage des mains et fondit en larmes. Janna-Berta lui caressa les cheveux. Comme ils étaient doux, comme c'était beau de pouvoir les toucher !

– Assez pleuré ! dit soudain Almut qui se rassit et se moucha. Tu as l'affectueux bonjour de Reinhard. La semaine prochaine, il reprend l'enseignement. À Wiesbaden-Frauenstein. Il a reçu l'avis hier. Il n'osait pas espérer que ça aille aussi vite. Pour moi, il faudra attendre plus longtemps.

Elle raconta qu'elle était venue avec une connaissance. Elle avait payé la moitié de l'essence et devait repartir avec elle le dimanche matin.

– Vous n'avez donc plus votre voiture? demanda Janna-Berta.

Non, on la leur avait volée pendant la débâcle. Dans l'embouteillage général. Trois hommes dont le véhicule était tombé en panne avaient ouvert de force la portière du conducteur et éjecté Reinhard. Quant à Almut, elle n'avait pas eu d'autre choix que de descendre. Avant de reprendre la route, ils avaient jeté leurs clés à Reinhard par la vitre.

– Ils ricanaient, ajouta Almut. « Peut-être qu'avec vous elle va démarrer. Bonne chance ! » Naturellement, elle n'a pas démarré. Nous avons été obligés de continuer à pied jusqu'à ce que quelqu'un nous prenne.

Janna-Berta réfléchit, avant de demander :

– Pourquoi as-tu dit à Uli que nous devions descendre à la cave?

– Vous étiez beaucoup plus loin que nous du réacteur. Je ne pouvais pas imaginer que chez vous aussi on évacuerait. Et tous les deux seuls sur les routes encombrées – je pensais que c'était trop dangereux. J'ai par ailleurs continué à espérer que vos parents seraient partis à temps. Ils seraient sûrement venus vous chercher. Si j'avais su...

Sa voix hésita.

– Juste après toi, Maman a appelé, dit Janna-Berta. Elle voulait que nous partions. Peut-être qu'Uli serait encore en vie si nous étions descendus à la cave.

– Peut-être que non, murmura Almut. Ça n'a pas de sens de tourner ces choses dans sa tête.

– Ses derniers mots ont été : « Pour l'amour du ciel ! »

Puis elle se rendit à la cuisine, fit cuire hâtivement quelques œufs sur le plat et prépara un café. Elle débarrassa son bureau des livres de classe qui s'y trouvaient et mit le couvert. Almut mangea de bon appétit. Durant tout le voyage de Wiesbaden à Hambourg, elle n'avait rien avalé. Janna-Berta s'accroupit sur son lit, les genoux sous le menton.

– Si Mamie Berta te voyait comme ça, dit Almut la bouche pleine, elle te tricoterait tout de suite un bonnet. Premièrement pour que ça ne se voie pas, et deuxièmement pour que tu aies chaud à la tête.

– Si elle me voyait, elle aurait l'impression que je me présente toute nue devant elle.

Almut ne put s'empêcher de rire. Janna-Berta rit avec elle.

– Mais ça a aussi des avantages, dit Almut. On sait tout de suite que tu es une *hibakushi.* Moi, je commence toujours par dire que j'en suis une.

Janna-Berta n'avait pas encore envisagé les choses comme ça. La présence d'Almut lui faisait du bien. Ces derniers temps, elle était devenue presque plus silencieuse encore qu'Helga. Elle se mit alors à parler, déversant un flot de paroles. Elle décrivit l'exode dans tous ses détails et ce qui s'était produit à la gare de Bad Hersfeld. Elle parla des jours passés à l'hôpital d'urgence de Herleshausen et évoqua Helga et Elmar. Almut écoutait en silence et se contentait de hocher la tête de temps à autre. Elles étaient tellement absorbées, l'une à parler et l'autre à écouter, qu'elles en oublièrent l'endroit où elles étaient ainsi que l'heure.

Jusqu'à ce que quelqu'un frappe à la porte. C'était Helga. Elle salua Almut avec cette façon froide qui était la sienne et demanda si elle savait quelque chose sur la mort des parents de Janna-Berta et de Kai. Mais Almut était aussi ignorante qu'elle.

– Tu peux dormir ici, lui dit Helga avant de quitter la pièce.

Pendant le dîner, Almut et l'oncle Friemel se disputèrent. Celui-ci était inquiet pour ses biens :

– Quand je pense que l'on nous a peut-être pillé depuis longtemps notre boutique !...

– Mais, Paul, protesta sa femme en lui tapotant la main, nous ne vivons tout de même pas dans une république bananière !

– Jusqu'à ce que nous puissions rentrer chez nous, dit Almut, le lierre aura le temps de traverser les murs. Nous avons fait notre deuil de tout. Nous recommencerons de zéro. Et nous nous réjouissons de chaque jour qui nous reste à vivre.

Puis elle parla des premières tentatives de solidarité des *hibakusha* dans la région du Rhin et du Main.

– Des tentatives de solidarité ? demanda l'oncle Friemel. Qui se solidarise avec qui contre qui ?

– Nous, les survivants de la zone sinistrée, dit Almut, nous constituerons tôt ou tard une classe particulière de la société : celle des va-nu-pieds malades. Des gens inefficaces au regard de l'économie et surtout des gens qu'on ne peut montrer en public. Et, par-dessus le marché, des gens gênants : nous suscitons des sentiments de culpabilité et nous empêchons l'oubli et le refoulement de la mémoire.

– Tu exagères ! s'exclama Helga.

– J'exagère ? dit Almut en souriant. Tu devrais lire un livre sur Hiroshima. Les survivants là-bas et nous... et tous ceux qui peut-être par la suite viendront s'ajouter à nous : nous sommes les lépreux du XXe siècle.

– Ne dis pas des horreurs pareilles ! s'écria la tante Friemel en levant les mains dans un geste de refus.

Almut fit semblant de ne pas avoir entendu.

– Enfin, on peut dire que nous avons quand même de la chance, poursuivit-elle. Hitler nous aurait passés à la chambre à gaz à cause de nos gènes.

– Bon, bon, dit l'oncle Friemel en se rejetant en arrière dans son fauteuil, ce n'est pas vraiment la question. Il s'agit simplement de savoir ce que nous ferons s'il apparaît que les plus gravement irradiés – excuse-moi, Almut, je sais que ça te concerne – ... les plus gravement atteints ne peuvent engendrer que des enfants malades. Je veux dire...

– Tu veux dire qu'il va falloir qu'on nous empêche d'avoir des enfants, l'interrompit Almut. N'avons-nous pas déjà vécu cela une fois ?

– Mais... Almut ! se récria la tante Friemel. Ce n'est pas du tout ce qu'il a dit !...

– Non, il ne l'a pas dit...

Helga se leva et commença à débarrasser la table. Almut la suivit dans la cuisine. Elle nettoya la plaque de la cuisinière et frotta la poêle qui avait servi à faire cuire les œufs, pendant qu'Helga lisait une lettre de Mamie Berta arrivée le jour même. Ils allaient bien, ils étaient tout bronzés et heureux que, lors de l'accident du réacteur, rien de vraiment tragique ne soit arrivé aux membres de la famille. Ils souhaitaient à leur fils, leur belle-fille et leurs petits-enfants une guérison à la fois rapide et complète et avaient l'intention de rester là où ils étaient jusqu'à ce que l'on puisse recommencer à vivre à Schlitz.

– Mon Dieu! dit Helga.

– « Rien de vraiment tragique », répéta Almut. Elle est incapable d'employer le mot « mort ».

Un peu plus tard, de retour dans la chambre de Janna-Berta, Almut évoqua à la lumière vacillante d'une bougie sa vie actuelle à Wiesbaden-Bierstadt. Elle vivait avec Reinhard et le père de celui-ci dans un minuscule logement aménagé dans une cave – cuisine-séjour, chambre à coucher et toilettes.

Janna-Berta avait un bon souvenir du père de Reinhard. Il avait une petite exploitation horticole à Bad Kissingen. Quand elle pensait à lui, elle voyait un visage aimable émerger au milieu des fleurs, et des mains calleuses aux ongles noirs de terre.

Almut parla de leurs difficultés à vivre en bons termes avec la propriétaire.

– Dès que nous avons pu nous remettre debout, nous avons quitté le camp d'hébergement et l'on nous a affecté ce logement. Cette femme s'est défendue jusqu'au bout bien qu'elle vive seule dans sa maison. Nous sommes naturellement trop bruyants, trop exigeants, etc. Je la comprends un peu. Elle est âgée. Elle ne peut pas s'adapter rapidement à cette intrusion.

Janna-Berta acquiesça d'un hochement de tête.

Puis Almut mentionna les millions de gens évacués ou partis volontairement qu'on avait dû héberger du jour au lendemain à travers tout le territoire allemand. Elle évoqua un prêtre de Wiesbaden qui s'était occupé sans relâche des réfugiés, et une assistante sociale de Mayence qui avait constitué un groupe de bénévoles pour prendre en charge les survivants.

– Et maintenant, nous agissons aussi sur le plan politique. Beaucoup de gens épargnés se joignent à nous par solidarité. Nous gagnons du terrain, nous pourrons obtenir des choses...

– Tu te souviens encore des manifestations après Tchernobyl? demanda Janna-Berta. Vous étiez pleins d'espoir, Maman, Papa et toi. Je l'ai senti même si je n'étais qu'une petite fille. Finalement, rien n'a bougé. Comme s'il n'y avait pas eu Tchernobyl. Tous les Ukrainiens qui sont morts à petit feu n'y ont rien changé. Maman et Papa en ont souvent parlé.

– Tchernobyl, ça n'a pas été assez grave, répliqua Almut. Et qui sait? Peut-être que Grafenrheinfeld ne l'a pas été assez non plus. On peut imaginer des accidents toujours plus importants.

– Les gens sont déjà en train d'oublier, fit observer Janna-Berta. C'est pour ça que je ne mets pas de perruque.

Almut lui caressa le crâne.

Helga voulut préparer la banquette du séjour, mais Almut avait envie de dormir dans la chambre de Janna-Berta. Elles y portèrent un matelas qu'elles posèrent à même le sol. Janna-Berta proposa son lit à Almut, mais celle-ci la remercia et s'étendit sur le matelas. Janna-Berta éteignit la bougie.

– Tu dors? demanda Almut au bout d'un moment.

– Non.

– Il y a quelque chose dont je ne sais si je dois te parler, dit Almut d'une voix hésitante.

– Vas-y toujours.

– Il faut que tu me dises quand je dois m'arrêter, reprit Almut. Le matin de la catastrophe, une heure ou deux heures après l'accident, ils ont installé un cordon de sécurité autour de la zone A interdite. Des policiers et des militaires en vêtements de protection. Ils ont exigé que les gens de cette zone descendent dans les caves. Et... on a dit que quiconque voudrait s'enfuir serait abattu. Au pistolet-mitrailleur.

Janna-Berta songea à ce qu'Ayse lui avait appris un jour.

– Tu crois que c'est vrai ? demanda-t-elle.

– Oui, répondit Almut. Ils ont essayé de le taire, mais ce ne sont pas des choses que l'on peut tenir secrètes.

– Et pourquoi ?...

– On a dit que les habitants de la zone A avaient été contaminés au point d'être dangereux pour les autres, et que, de toute façon, ils n'avaient aucune chance de survivre. Qu'ils crèveraient à petit feu dans d'atroces souffrances.

Au bout d'un moment, Janna-Berta s'étonna :

– Mais les policiers et les soldats, comment peuvent-ils ?...

– Les hommes sont capables de tout, répondit Almut.

Il y eut à nouveau un long silence, puis Janna-Berta reprit :

– Tu crois que Papa a fait partie de ceux qui ne pouvaient plus sortir ?

– Je l'ignore.

Janna-Berta pleura.

– Je n'ai aucune envie de rester ici. Emmène-moi avec toi à Wiesbaden... s'il te plaît !

– Je le ferais volontiers, tu le sais bien. Mais, dans notre cave, il n'y a pas de place. Essaie de rester ici jusqu'à ce que nous ayons trouvé une nouvelle demeure. Et... si vraiment tu ne peux plus tenir, viens quand même.

Le lendemain matin, on vint chercher Almut. Janna-Berta lutta contre les larmes au moment où Almut montait dans la voiture. Elle entendit les derniers mots d'Almut :

– Prends ton courage à deux mains !

Janna-Berta resta longtemps sur place. À son retour dans l'appartement, Helga préparait à manger dans la cuisine. Surprise, elle leva la tête. Elle avait des larmes dans les yeux.

– J'ai pensé que tu étais partie avec elle.

CHAPITRE XI

Janna-Berta sortait presque chaque jour avec Elmar. En fait, elle ne l'aimait pas vraiment. Autrefois, elle l'évitait bien qu'elle l'admirât. Maintenant, il était encore plus difficile à supporter. Il faisait d'interminables discours, et ne voyait plus les choses que de façon négative. Quand quelqu'un l'agaçait, il devenait agressif. Mais lorsqu'elle ne voulait pas être avec Helga et les Friemel, vers qui d'autre que lui pouvait-elle se tourner ?

Les trois quarts du temps, ils se retrouvaient devant le lycée, car il habitait à l'opposé de chez elle. Il arrivait presque toujours le premier. Quand il faisait beau, ils se baladaient dans le parc voisin. Janna-Berta disait que Hambourg, là où il y avait de la verdure, ressemblait un peu à Schlitz.

– De la verdure ? rétorquait Elmar avec

mépris. Où vois-tu de la verdure dans ce désert de béton ?

– Avec qui discutes-tu quand tu es à la maison ? lui demanda-t-elle un jour.

– Tu veux dire dans ma famille ? Avec personne. Mon père rumine, et les gens chez qui nous sommes ne s'intéressent à rien. Du moins pas à ce qui m'importe.

Janna-Berta hocha la tête.

Un jour Elmar l'accueillit en s'écriant :

– Nous sommes en train de nous appauvrir, Janna-Berta !

– Qui ? demanda-t-elle, interdite. Toi et tes parents ?

– Je parle de nous tous ! précisa-t-il, indigné. Grafenrheinfeld a fait de nous des pauvres. Tous ces sans-abri, ces chômeurs et ces malades ! Ils ne rapportent pas un sou. Ils ne font que coûter de l'argent. Et l'agriculture est fichue. Les transports sont à moitié paralysés. L'industrie va mal...

– Tu vois donc de la misère ? s'étonna Janna-Berta. Moi pas.

Elmar la regarda, désarmé :

– Ouvre les yeux, elle est partout ! On vend, on brade ! Tu ne remarques pas les panneaux À VENDRE ? Et les annonces dans les journaux : « À céder en raison des circonstances » ? Tu traverses la ville en aveugle ? Tu ne lis donc aucun journal ?

Janna-Berta se défendit. À Hambourg, tout était nouveau pour elle. À Schlitz, elle les aurait vus, ces panneaux. Quant au journal... elle ne lisait pas les petites annonces.

– Mais tu devrais! s'écria Elmar. Les gens passent des petites annonces pour survivre. Mais ils n'arrivent pas à se débarrasser de leurs trucs, qu'il s'agisse d'une usine ou d'un manteau de fourrure. On peut tout acheter à des prix dérisoires : supermarchés, boutiques, immeubles. Les ventes par adjudication se succèdent !

Janna-Berta ignorait tout cela. Elmar était scandalisé qu'elle ne regarde même pas les informations à la télé. Elle soupira. La plupart du temps, les Friemel étaient assis devant le téléviseur, et elle les évitait.

Un jour, Elmar évoqua les gens de sa famille.

– Pour eux, ce n'est pas le fait de devenir pauvre qui est le pire, bien qu'il leur en coûte beaucoup de déchoir. Ce qui est beaucoup plus grave, c'est la peur qui est la leur actuellement : ils ont peur des émeutes, peur de la banqueroute, peur des conséquences à long terme. Tante Hedi a perdu le sommeil, et oncle Kurt passe son temps à hurler après tout le monde. Nous sommes persévérants, nous les Allemands, et, quand il le faut, nous réalisons des miracles, des miracles économiques. Mais il faut que nous puissions apercevoir une lueur d'espoir à l'horizon.

Autrefois, déjà à Fulda, ses camarades de classe se lançaient des clins d'œil quand Elmar s'animait de cette façon. Il parlait maintenant avec davantage de fièvre, de passion. Janna-Berta le regardait, fascinée. Avait-il encore toute sa raison? Peut-être que non. Il avait toujours cette étincelle de l'élève modèle qu'elle lui avait connue. Il était encore capable de dominer rapidement une situation, de comprendre un problème. Mais avait disparu ce que les autres admiraient tant en lui, autrefois : sa faculté de trouver des solutions. Il lui semblait que c'était ce qui le faisait souffrir davantage.

– Des solutions? fit-il après qu'elle lui eut posé la question. Je n'en vois aucune. Ni pour moi ni pour personne.

Il s'arrêta et la regarda.

– Je voulais devenir médecin.

– Et moi, je voulais avoir des enfants.

Mais la propension d'Elmar à faire des discours décrut. Plus on s'approchait de la fin de l'année scolaire, plus il devenait silencieux. Il continuait bien ses promenades avec Janna-Berta, mais marchait à côté d'elle sans rien dire. Elle avait maintenant la nostalgie de ses discussions. Elle regardait les informations et lisait les petites annonces.

Huit jours avant le début des vacances, la fille de Bad Brückenau tomba malade, et elle n'assista plus aux cours de toute la semaine.

– Je suis allé la voir, dit le garçon de Bamberg, elle va très mal.

Comme ses camarades de classe lui demandaient de quelle maladie elle souffrait, il évoqua une pneumonie. Janna-Berta le guetta dans la cour et lui demanda :

– Vraiment ?

– Bien sûr que non ! répondit-il. C'est une leucémie. Elle allait très mal ces temps derniers, mais elle ne voulait pas l'admettre. Tu sais ce que c'est. Hier, on l'a transportée dans une clinique spécialisée.

Quand Janna-Berta rentra du lycée, Helga vint lui ouvrir la porte.

– Il faut absolument que dans les jours prochains nous allions chez le coiffeur, affirma-t-elle. Les perruques se font rares, et tu as ton anniversaire dans deux semaines.

– Je ne mettrai pas de perruque ! s'écria Janna-Berta.

– Calme-toi. Tu pourras dire aux autres que tu portes une perruque.

– Et qu'est-ce que ça leur apportera? demanda Janna-Berta.

– Ah! tu ne veux pas comprendre. Comment dire, ça impressionne quand quelqu'un de jeune n'a pas de cheveux. Je t'en prie, ça ne durera que le temps de ton anniversaire.

Janna-Berta finit par se résigner et se rendit avec Helga chez le coiffeur. Mais elle refusa de se choisir elle-même une perruque. Helga dut le faire à sa place. Elle se décida pour des cheveux courts et bouclés, blond moyen.

– J'étais beaucoup plus claire, fit remarquer Janna-Berta.

Mais il n'y en avait pas de plus claire.

– Tu vas sûrement avoir beaucoup de cadeaux, dit Helga sur le chemin du retour.

Elle portait le paquet contenant la perruque.

Janna-Berta haussa les épaules. Une fois à la maison, elle alluma la radio de la cuisine et écouta de la musique rock jusqu'à ce que l'oncle Friemel se mette en colère.

Janna-Berta n'était pas heureuse à la perspective du dernier jour de classe. Elle pensait avec désarroi aux vacances. Le bulletin qui lui fut remis disait qu'elle ne passait qu'à l'essai dans la classe supérieure.

Il était écrit : « Tu es arrivée chez nous

très tard dans l'année et sans bulletin antérieur. Nous ne savons pas encore vraiment quel est ton niveau. »

Au cours de la récréation, une fille de la classe de Janna-Berta distribua des cartes d'invitation pour son anniversaire. Janna-Berta n'était pas invitée.

– Pense à autre chose, lui dit le garçon de Bamberg venu soudain se planter à côté d'elle. Tu n'es pas invitée, tout comme moi. Ce n'est pas elle, c'est sa mère qui est contre.

Janna-Berta hocha la tête. Elle ferait piètre figure au beau milieu d'un anniversaire.

Les autres s'empressèrent de partir quand le professeur principal les lâcha. Pas elle. Elle attendit devant la classe d'Elmar. Mais il n'était pas parmi les lycéens qui en sortaient.

– Tu n'es pas au courant ? lui demanda l'un d'entre eux. Il ne passe pas. Ce n'était donc pas la peine qu'il vienne aujourd'hui.

– Elmar ? s'exclama Janna-Berta, incrédule.

– Il ne faisait et ne disait plus rien.

Janna-Berta était au bord des larmes.

– Chez nous, c'était le meilleur.

Quelqu'un ajouta, avant qu'elle s'en aille :

– Chez vous, vous étiez tous les meilleurs.

Helga était rentrée avant elle. Janna-Berta posa sans un mot son bulletin sur le bureau.

– Je me suis déjà renseignée en ce qui concerne tes notes, dit Helga. Il va falloir que tu travailles beaucoup pendant les vacances. Je vais m'en occuper.

– J'aimerais inviter quelqu'un à mon anniversaire, fit Janna-Berta.

À sa grande surprise, Helga n'avait rien contre. Elle prononça le nom d'Elmar.

– Lui aussi a perdu ses cheveux, précisa-t-elle.

Helga la regarda avec animosité.

– Je l'aime bien ! s'écria Janna-Berta en s'enfuyant dans sa chambre.

Le dîner se déroula dans un silence complet. Janna-Berta s'étonna : la tante Friemel touchait à peine à sa nourriture.

– Tu ne vas pas commencer à t'affoler parce que tu perds quelques cheveux ! la gronda son mari à mi-voix en lui tapotant la main.

– Ah ! qu'est-ce que tu en sais ! s'écria-t-elle.

Elle se leva et disparut dans sa chambre avant même que les autres eussent fini de manger. Jamais elle n'avait agi ainsi. L'oncle

Friemel toussota et resta à table. Le repas terminé, il alluma la télé.

– Des discussions d'experts, grommela-t-il. Tous les jours des discussions d'experts.

Il éteignit, leur souhaita une bonne nuit et se retira dans sa chambre. Helga s'assit à sa table de travail dans son bureau, après avoir rangé la vaisselle sale dans la machine. Janna-Berta resta seule dans la salle de séjour.

C'était nouveau. On entendait les voix des Friemel à la fois basses et lointaines. Elles se turent bientôt. Quelques moustiques bourdonnaient autour de la lampe. Janna-Berta alluma le téléviseur. Toujours des discussions d'experts. À propos de la catastrophe, bien sûr. Le nouveau ministre de l'Intérieur était justement en train de parler. Elle le prit au beau milieu d'une phrase.

– ... *nous* faire porter à *nous* seuls la responsabilité ! criait-il à l'un des participants de la table ronde. Je vous donne raison quand vous dites que nous sommes responsables du fait qu'on n'a pas arrêté tous les réacteurs après Tchernobyl. Mais je vous demande d'écouter pourquoi nous avons pris la décision de ne pas les arrêter : cette décision est la conséquence d'un long processus démocratique. Et *tout le monde*, des scientifiques, des hommes politiques, a participé à ce processus, et les citoyens qui ont élu ces hommes politiques n'ont pas été les derniers. Et quel est l'homme politique qui se serait permis d'exposer franchement son point de vue sur la question de l'énergie atomique? Non, c'est trop facile de croire que les politiciens sont les seuls responsables. Tout ce qui est arrivé est notre faute à tous, et nous devons...

– Mais nous avons signalé les risques résiduels! s'écria le représentant de la direction de la centrale. Vous ne pouvez pas le nier !

Pas un pour racheter l'autre. Personne ne voulait endosser la faute.

Elle éteignit le téléviseur et alla se coucher.

Elle dormit peu cette nuit-là. Elle réfléchissait aux vacances : c'étaient, avant l'accident de Grafenrheinfeld, les plus belles semaines de l'année. Ce serait maintenant un océan de solitude, d'ennui et de tristesse. Elle avait peur de cet épouvantable anniversaire avec sa litanie de témoignages de sympathie, ses cadeaux incongrus et son trop-plein de préjugés. Elle se vit en habits sombres à côté d'Elmar qui lui communiquait sa désespérance. Elle voyait des milliers d'Helga et de Friemel jusqu'aux confins de l'horizon.

Le lendemain matin, elle retourna dans son lycée vide. Ça sentait le renfermé et les chiffons à tableau mouillés. Des femmes de service frottaient les couloirs. La musique d'une radio résonnait à travers la cage d'escalier. Au secrétariat, quelqu'un tapait sur une machine à écrire. Janna-Berta ouvrit la porte et demanda à la secrétaire l'adresse d'Elmar. Elle la lui recopia sur un morceau de papier.

– J'ai l'impression que tu as besoin de vacances, lui dit-elle. Tu es presque transparente.

Il habitait donc à Barmbeck, à l'autre bout de la ville. Janna-Berta partit à pied. Elle avait le temps. Elle s'arrêta longuement sur un pont, et, accoudée au parapet, la tête entre les mains, elle regarda l'eau passer au-dessous d'elle. Des moirures scintillantes en striaient la surface.

Elmar habitait dans un immeuble. Une fois entrée, elle demanda à une femme, occupée à vider sa boîte aux lettres, où se trouvait l'appartement de la famille.

– Ils refusent les condoléances, dit la femme. Inutile de monter. Personne n'ouvre.

– Des condoléances? s'étonna Janna-Berta. Est-ce que la mère d'Elmar est morte?

– Pas la mère, le garçon. Tu n'es pas au courant?

– Mais avant-hier, il était encore..., balbutia Janna-Berta dans un sanglot.

– Il a mis fin à ses jours. Son père l'a trouvé hier matin. Il gisait sur son lit. Des comprimés. Qui sait où il se les était procurés!... Ils l'ont tout de suite emmené, mais il n'y avait plus rien à faire. La police criminelle est également venue. Ils auraient pu s'en dispenser. Le gamin a réglé ça tout seul. Il n'a même pas laissé quelques lignes. Pauvre gars. Il n'avait plus de goût à rien. Il n'a plus supporté...

Elle regarda Janna-Berta et se tut.

– Tu peux toujours sonner, ajouta-t-elle.

Janna-Berta remercia, salua et partit. Elle s'arrêta à nouveau longuement sur le pont, puis resta assise de longues heures au milieu des installations portuaires sur le bord de l'Alster. Elle rentra très tard à la maison, si tard qu'elle ne vit personne, pas plus Helga que les Friemel.

Dans la nuit elle prit sa décision.

Au petit matin elle mit un peu de linge de corps, une paire de chaussures et son porte-monnaie avec tout son argent de poche dans un sac en plastique. Elle ne toucha pas au sac contenant la perruque, encore sur le fauteuil où Helga l'avait posé quand elles étaient rentrées. Elle prit un paquet de gâteaux secs dans le buffet de la cuisine, puis sortit discrètement de l'appartement.

Elle se dirigea vers le quartier sud de la ville. Dans une friperie, elle acheta un T-shirt rouge vif et un pantalon blanc qu'elle enfila sur-le-champ.

Il lui fallut toute une matinée, sous un ciel bleu d'été, pour sortir de la ville et trouver dans une station-service quelqu'un qui acceptât de la prendre dans son véhicule.

Elle arriva à Wiesbaden à la nuit tombée. Fatiguée, elle se traîna le long de la pente raide de la colline de Bierstadt et demanda le chemin de la Tour de guet. Comme elle n'arrivait pas, dans le noir, à déchiffrer les numéros des maisons, elle n'eut d'autre solution que de sonner à une porte.

Des pas se rapprochèrent. Janna-Berta essaya de se rappeler où elle avait déjà vécu cette scène. Une vieille dame en robe de chambre ouvrit la porte et l'examina d'un œil inquisiteur. Janna-Berta s'excusa de la déranger si tard. Elle cherchait le logement d'Almut et de Reinhard Sommerfeld. La dame lui répondit d'un air fâché :

– Il est dix heures un quart. C'est un peu tard pour rendre visite aux gens.

– J'arrive de Hambourg.

– Sans bagage ? Juste avec un sac en plastique ? Et tu penses qu'on va te croire ?...

– Almut Sommerfeld est ma tante. Elle m'attend.

– N'espère pas pouvoir habiter ici. La maison est déjà trop petite pour quatre. Je ne veux personne d'autre ici. Personne !

Sur ces mots, elle referma la porte. Janna-Berta redescendit les marches et, sans bruit, fit le tour de la maison. De la lumière passait par une fenêtre à moitié ouverte de la cave. Elle se pencha et frappa à la vitre. Reinhard apparut, prêtant l'oreille, près de la fenêtre.

– C'est moi, Janna-Berta, chuchota-t-elle.

– Toi !... s'écria Reinhard en ouvrant la fenêtre. Entre !

Elle s'assit sur le gravier, passa les jambes par-dessus le rebord de la fenêtre et tomba dans les bras de Reinhard.

– Bienvenue, Janna-Berta ! s'exclama-t-il.

CHAPITRE XII

Le logement que la propriétaire avait autrefois destiné à des amis n'était vraiment pas grand. Almut et Reinhard dormaient dans la petite chambre à coucher et le père de Reinhard sur la banquette du séjour. Où installer Janna-Berta ?

On ne trouva pas d'autre solution que d'étendre un matelas dans l'entrée. Mais on ne disposait pas de matelas supplémentaire. La première nuit, Reinhard coucha donc avec son père sur la banquette, et Janna-Berta avec Almut.

Elles restèrent toutes deux longtemps sans dormir bien que Janna-Berta fût morte de fatigue après son long voyage. Elle parla à Almut du lycée et d'Helga et de la perruque. Et aussi, après quelques hésitations, de la mort d'Elmar.

– C'est bien que tu sois venue, dit Almut.

J'aurais dû t'emmener tout de suite. Notre vie ici est tout ce qu'il y a de précaire, mais c'est peut-être ça dont tu as besoin actuellement.

– Je n'ai pas besoin d'une vie réglée, murmura Janna-Berta. Rien de tout ce que j'avais à Hambourg.

– Attends de voir comment tu t'en sortiras avec nous. Nous-mêmes, nous essayons de nous supporter les uns les autres. Tout ce que nous pouvons t'offrir, c'est notre propre désespérance, et notre ignorance de l'avenir... et ici tu peux dire « merde » chaque fois que tu en as envie.

Janna-Berta s'endormit avec un sentiment de sécurité. Elle ne fit pas de mauvais rêves et ne se réveilla même pas quand Almut, en proie à un cauchemar, se débattit comme une sauvage et lui donna un coup de pied dans le tibia.

Elle aurait aimé se rendre utile. Mais elle n'eut pas besoin de demander à travailler. Dès le lendemain matin, le père de Reinhard l'emmena avec lui. « Paps », comme les autres l'appelaient, s'était chargé de la cuisine et faisait les courses pendant que Reinhard enseignait et qu'Almut s'occupait d'une organisation de soins d'urgence aux victimes du nucléaire. Paps montra à Janna-Berta quelles étaient les denrées que l'on pouvait consommer sans crainte, et quels magasins inspiraient encore confiance.

– Nous ne mangeons que du riz, expliqua-t-il. Du riz le matin, le midi, le soir. Tout le reste n'est qu'un accompagnement. Une fois qu'on s'y est habitué, aucun problème. Le riz coûte deux fois plus cher qu'avant, mais reste abordable. Nous avons complètement arrêté la viande. Le risque est trop grand. Ils essaient tout le temps de vous refiler de la viande contaminée, et celle qui vient d'Argentine et du Brésil est trop chère.

– À quoi bon tout cela ? s'étonna Janna-Berta. Il y a longtemps que nous sommes contaminés !

– C'est vrai, admit Paps. Mais nous luttons pied à pied. Inutile d'en rajouter.

Ça paraissait évident. Elle s'efforça de retenir ses conseils et de bien se souvenir des boutiques où il faisait ses achats.

– Surtout, la prévint-il, n'accorde aucune confiance aux autorités.

Janna-Berta acquiesça. Elle l'aimait bien. Le travail en plein air avait tanné la peau de son visage. Il avait encore des cheveux bruns parmi ses cheveux blancs. Elle lui pardonnait de ronfler la nuit.

Elle posta une carte postale pour Helga. Puis Paps lui acheta un matelas pneumatique.

Au retour des courses, ils préparèrent une recette qui n'existait dans aucun livre de cuisine : du riz indien avec des haricots colombiens. Reinhard et Almut apprécièrent le plat bien que quelques haricots fussent durs. Paps dit qu'il s'agissait peut-être de balles de fusil. Janna-Berta constata avec stupéfaction que l'on riait souvent et volontiers dans cette famille. Mais il lui fallut plusieurs jours avant de rire avec eux.

Janna-Berta écrivait des adresses sur des tas d'enveloppes pour aider Almut, elle l'accompagnait dans les couloirs des administrations, allait chercher le linge propre à la laverie et faisait le ménage avec elle. Elle l'aidait à quêter pour la construction d'un centre pour les *hibakusha* et récoltait plus d'argent qu'Almut.

– C'est à cause de ta tête, dit Paps. Les gens que tu croises sont heureux de s'en être mieux sortis que toi.

Paps souffrit pendant plusieurs jours d'une diarrhée tenace, et Janna-Berta s'occupa de la cuisine jusqu'à ce que Reinhard eût terminé ses cours. Il cuisinait volontiers et bien. Mais Almut avait aussi besoin de lui pour l'installation de son centre.

– Il y aura un conseil juridique et un

conseil médical, une assistance pour les formalités, la prospection de logements. On pourra y consulter le fichier des recherches, expliquait-elle avec enthousiasme. Celui qui le voudra pourra tout simplement lire les journaux ou rencontrer des gens... ou pleurer tout son soûl.

Elle voulait se consacrer entièrement au centre jusqu'au jour où elle reprendrait son travail d'enseignante. Elle souhaitait qu'une grande manifestation et une rencontre de tous les *hibakusha* qui avaient trouvé à se loger dans la région du Rhin et du Main aient lieu à l'occasion de son ouverture. Les idées bouillonnaient dans sa tête.

– Chaque participant devra rentrer chez lui avec de l'espoir, disait-elle, et surtout ne plus se sentir seul.

Janna-Berta admirait Almut : sa façon de relever la tête et de rire en dépit des difficultés ; de se vouer constamment aux autres ; de se bagarrer avec les autorités et de conquérir des droits pour les survivants ; d'être soudain accablée de désespoir pour recommencer le lendemain de plus belle, comme si de rien n'était.

Au début, la propriétaire avait pesté plusieurs fois contre la présence de Janna-Berta.

Sa voix avait retenti à travers la cage d'escalier. Janna-Berta avait voulu lui répondre, mais Paps l'en avait dissuadée.

– Offre-lui des fleurs. Si quelque chose doit l'amadouer, ce sera plutôt ça. Il faut la comprendre, elle aussi. Pour elle *nous* sommes la catastrophe.

Janna-Berta trouva des fleurs derrière les marronniers de la Tour de guet. Elle en fit un bouquet, extraordinairement beau au goût de Paps, et le porta à la propriétaire. Le visage de la vieille femme s'assombrit quand elle ouvrit sa porte. Mais elle accepta le bouquet. Elle jeta un regard interrogateur sur le crâne de Janna-Berta, remercia brièvement et referma la porte. Dès lors, en tout cas, on ne l'entendit plus râler dans la cage d'escalier.

Quelques jours plus tard, Almut rentra à la maison, l'air triste. Elle avait voulu rendre visite à une ancienne collègue dans un hôpital de Francfort, mais était arrivée trop tard.

– Une leucémie, dit-elle, découverte beaucoup trop tard.

Janna-Berta apprit que cette femme laissait deux petites filles de trois et cinq ans. Elle habitait, comme Almut, à Bad Kissingen et enseignait également à Hammelburg. Après l'alerte, elle était retournée chez elle pour sauver ses enfants. Elle avait laissé sa voiture au barrage et traversé la ville à pied. Pour rien : les enfants avaient déjà été évacués. Elle avait quitté la ville trop tard, avec les derniers habitants.

Maintenant les petites étaient chez leur grand-mère. Mais elle ne pourrait pas les garder longtemps. Elle avait plus de soixante-dix ans, et c'étaient des enfants très remuantes.

– Et le père? demanda Janna-Berta.

La jeune femme ne s'était jamais mariée et avait élevé ses filles toute seule.

– Est-ce que tu te souviens d'elles? demanda Almut en s'adressant à Reinhard. Elle les avait emmenées le jour de l'excursion de l'école. De gentilles petites coquines.

Reinhard acquiesça :

– Elles n'ont pas arrêté de pleurer, à tour de rôle. Impossible de ne pas les entendre.

– Oh, toi, le professeur! dit Almut d'un ton sec.

Reinhard leva les yeux et la regarda.

– Autrement dit, tu voudrais les... ?

Elle fit oui de la tête en riant. Elle regarda Paps. Lui aussi hocha la tête.

– Et qu'en pense Janna-Berta? demanda-t-il.

– Bien sûr que oui! s'écria-t-elle.

Almut et Reinhard laissèrent tout sur la

table et sortirent. Janna-Berta les regarda se promener longuement sous les marronniers tout en conversant. Il avait posé son bras sur ses épaules et elle le sien autour de sa taille.

– Il va y avoir de la vie dans la boutique, commenta Paps. Et du travail, n'est-ce pas?

Janna-Berta hocha la tête. Elle lui rendit son sourire.

– Au cas où tu ne le saurais pas, lui expliqua-t-il, les enfants, ça peut être exaspérant.

– Ma mère a toujours dit que je savais y faire avec les enfants.

– Eh bien, conclut Paps gaiement, il ne nous reste plus qu'à trouver un logement plus grand.

Le matin de son anniversaire, Janna-Berta se trouvait seule à la maison. Elle avait mis un tablier d'Almut et préparait une soupe de riz quand elle entendit quelqu'un frapper à la porte de la cave. C'était Helga. Elle était en tenue de voyage et portait une petite valise.

– Pourquoi ne m'as-tu pas dit que tu voulais aller chez Almut? demanda-t-elle après s'être assise sur le canapé de Paps.

– Parce que j'avais peur que tu ne cherches à me persuader de rester, répondit Janna-Berta. Tu as toujours des arguments tellement raisonnables!

– Pourquoi ne m'as-tu pas laissé ne serait-ce qu'un mot pour me dire où tu partais ?

– Je pensais que tu le saurais.

– Ta petite carte de Wiesbaden n'expliquait pas grand-chose. En fait, elle n'expliquait rien du tout. Elle n'a fait que confirmer mes soupçons que tu étais ici. Je me suis fait du souci.

– Tu n'étais pas contente d'être débarrassée de moi ?

– Qu'est-ce que tu dis là ? s'écria Helga. Est-ce que, dans ces conditions, je serais venue te chercher ? Dieu sait que je ne me suis pas rendu la vie facile avec toi !

– Je veux être seule responsable de mon avenir, affirma Janna-Berta sur un ton catégorique.

– À quinze ans ? rétorqua Helga avec une pointe d'ironie dans la voix. Et dans ton... ton état ?

– Ici personne ne me demande quel âge j'ai. Et je vis au milieu de gens qui sont dans la même merde que moi.

– Après les vacances, je voudrais que tu reviennes à Hambourg. J'ai déposé une demande de pension pour toi, et tu as obtenu ton permis de séjour pour Hambourg.

– C'est déjà fait. Almut s'en est occupée. J'en ai obtenu un pour ici très rapidement.

Helga se tut quelques instants avant de reprendre :

– Tu as laissé toutes tes affaires de classe à la maison. Comment comptes-tu combler tes lacunes ?

– Je ne retournerai pas là-bas et je n'irai pas non plus au lycée, dit Janna-Berta avec énergie.

Helga s'efforça de garder son sang-froid.

– Comment t'imagines-tu l'avenir sans avoir fait d'études ? demanda-t-elle.

– L'avenir... répéta Janna-Berta d'une voix sourde. Sais-tu si j'en ai un ? Moi, je l'ignore. Mais le peu de vie dont je dispose peut-être encore, je veux le vivre comme *je* l'entends. Je désire *vivre* ici : ici, je suis *vivante.*

Helga ne comprenait toujours pas.

– Bon, dit-elle, tu n'es plus soumise à l'obligation scolaire. Mais si tu décides de ne plus aller au lycée, ça aura des conséquences. Sans le baccalauréat, tes perspectives sont réduites.

Janna-Berta s'abstint de répondre. Elle lavait la vaisselle.

– Tu as mal agi, reprit Helga au bout d'un moment, en me laissant tomber deux semaines avant ton anniversaire.

– Je suis désolée, dit Janna-Berta en se retournant. Excuse-moi. C'était une fuite.

– J'ai été obligée de décommander tous ceux que nous avions invités. Je leur ai expliqué que, après toutes les épreuves que tu as traversées, tu n'étais pas d'humeur à faire la fête.

Elle sortit une liasse de lettres de son sac.

– Quelques-uns ont déjà répondu. Ils te comprennent.

– Ce sont des lettres pour moi ?

– Oui.

Elle hésita puis reprit :

– Je les ai lues, oui. Après tout, c'étaient des réponses à *ma* lettre.

Janna-Berta se pencha sur une casserole et la frotta.

– Est-ce que vous allez fêter ton anniversaire aujourd'hui ? demanda Helga.

Janna-Berta se retourna. Leurs regards se croisèrent.

– Ils ne savent pas que c'est mon anniversaire, dit-elle. Et il est probable que je l'aurais moi-même oublié si tu n'étais pas venue me le rappeler.

Helga secoua la tête en signe de désapprobation. Elle ouvrit sa petite valise et en sortit une pile de linge.

– Tu avais aussi laissé ça à Hambourg. Et tes robes. Je vois que tu t'habilles à nouveau à ta façon. Et voici ta perruque. Peut-être qu'un jour tu voudras quand même l'utiliser.

Elle lui tendit une enveloppe par-dessus la table.

– C'est ton cadeau d'anniversaire. Achète-toi ce dont tu as besoin ou ce que tu veux.

Janna-Berta remercia et proposa à Helga son matelas pneumatique pour la nuit. Mais elle refusa. Elle avait déjà une chambre d'hôtel en ville. Avant de partir, elle dit encore :

– Pour le moment, je me contenterai d'écrire à Mamie Berta et à Papy Hans-Georg que tu passes les grandes vacances chez Almut à Wiesbaden.

Pour toute réponse, Janna-Berta haussa les épaules.

– Je te souhaite un bon anniversaire, dit Helga quand elles arrivèrent devant la porte de la cave, et une vie conforme à tes désirs. Si, un jour, tu décides de revenir à Hambourg, n'hésite pas. J'attends. J'espère que tu le feras. En dehors de Mamie Berta et de Papy Hans-Georg, tu es la plus proche parente qui me reste. Tu sais ce que ça veut dire ? J'aurais voulu te considérer comme ma propre fille. Nous portons le même nom de famille. Et, crois-moi, j'aurais pu t'ouvrir bien des portes !

Elle fit demi-tour et partit.

– Salue Almut et Reinhard de ma part !

cria-t-elle. Dis-leur que je leur souhaite bon courage.

Janna-Berta rentra. Par la fenêtre, elle la vit disparaître et entassa les robes, le linge et la perruque sur une étagère. Helga s'arrêta sous les grands marronniers et se moucha.

Le soir, Almut étala à nouveau tout son travail : des lettres à écrire, des affiches à faire, des pancartes à peindre. Trois *hibakusha* de Mayence, deux jeunes hommes et une jeune fille, étaient venus l'aider. Ils occupaient la table, tandis que Janna-Berta et Almut peignaient à même le sol. Janna-Berta raconta presque incidemment la visite d'Helga. Elle tira l'enveloppe toute fripée d'une poche de son pantalon et l'ouvrit. Elle contenait trois billets de cent marks, qu'elle mit dans le tronc de solidarité.

– Mon cadeau d'anniversaire, expliqua-t-elle.

– C'est ton anniversaire aujourd'hui? demandèrent les autres, tout surpris.

Ils laissèrent là lettres, pinceaux, peintures et affiches et poussèrent des vivats en son honneur. Paps, encore un peu chancelant, prépara dans le coin-cuisine une salade de pommes de terre d'avant la catastrophe.

– Un plat de luxe, dit-il. Aussi cher que

des kiwis et meilleur que tout ce qu'on trouve dans le commerce. Ces choses toutes flétries, il y a six mois, on les aurait jetées. Je les avais achetées pour une grande occasion, et la voilà, l'occasion

Almut dénicha une bouteille de vin dans l'armoire de la chambre à coucher, Reinhard une bouteille de jus de fruits de la passion dans le réfrigérateur. Il composa même un petit poème :

Vin et salade de pommes de terre
sont aujourd'hui au menu :
Janna-Berta fête son anniversaire.
Jolie fleur de cerisier,
qu'un ange vienne la protéger !

Rires et larmes se mêlèrent.

– Il ne faut pas que tu penses au passé, lui murmura Almut. Pense plutôt à l'avenir.

– À l'avenir ? s'étonna Janna-Berta dans un sanglot.

Almut la prit dans ses bras.

– Bon anniversaire !

Comme elle la lâchait, elle examina soudain le crâne chauve de Janna-Berta, lui prit les mains, l'attira contre elle, lui caressa doucement la tête et s'écria :

– Tes cheveux repoussent, jeune fille ! Tu as déjà du duvet !

Janna-Berta courut se regarder dans le minuscule miroir de la salle de bains.

– C'est vrai ! s'écria-t-elle toute joyeuse. Ils repoussent ! Je vais avoir à nouveau des cheveux !

Transportée de joie, elle se mit à danser à travers la pièce. Les autres dansèrent avec elle, y compris l'un des Mayençais qui, lui aussi, était chauve. Ils faisaient tant de bruit que la propriétaire lança à nouveau ses imprécations du haut de l'escalier.

CHAPITRE XIII

Ce fut une fin d'été agitée. Reinhard avait déniché un logement plus grand, une résidence secondaire passablement délabrée au milieu des vignobles de Wiesbaden-Frauenstein. Par crainte de l'hiver, les réfugiés qui y avaient été installés avaient cherché une autre demeure. Car il n'y avait dans cette maison ni poêle ni chauffage, tout juste une cheminée ouverte.

– Nous ne fermerons pas les portes des chambres, dit Reinhard.

Paps fit part de son scepticisme :

– Comme les temps changent ! Il y a quelque temps, les autorités n'auraient jamais permis qu'on habite en permanence dans un lieu pareil.

– Ah ! Paps, s'écria Almut, tu as raison ! En janvier, des stalactites nous pendront au bout du nez. Mais en été ! Quel bonheur pour les enfants !

– Vous n'allez pas manquer de surprises ! dit Paps d'un air sombre.

Ils déménagèrent à la hâte. Ils n'avaient pas grand-chose à emporter. Des amis les aidèrent, des réfugiés et des gens du lieu. On trouva des draps, des vêtements et deux bois de lit d'enfant, un vrai et grand matelas et une couette de plume pour Janna-Berta qui aménagea le grenier pour elle. Elle jeta par la lucarne du toit des pelles de poussière et de crottes de souris. Pour la première fois, elle s'était remise à fredonner.

Deux chambres à coucher, une entrée servant de séjour, une cuisine et une salle de bains. C'était encore trop petit, si l'on s'en tenait aux critères d'avant la catastrophe. Mais Almut balaya ces pensées : les temps avaient changé, il fallait s'arranger pour tirer le meilleur parti des choses, et maintenant ils étaient heureux avec ce qu'ils avaient. Ils ne tenaient plus en place à l'idée d'aller chercher les petites filles. La grand-mère qui s'occupait encore d'elles se faisait pressante.

– Elle a du travail par-dessus la tête, raconta Almut à son retour d'une visite qu'elle était allée faire aux enfants, deux jours avant leur venue. Je me sens, malgré tout, coupable. Cette femme tient aux petites. Elle éclate en sanglots dès qu'elle me voit. Quand je pense qu'après-demain elle va se retrouver toute seule dans sa pièce minuscule.

– Écoute, dit Reinhard, je devine où tu veux en venir. Mais il faut que tu comprennes qu'à ce train-là, cet endroit va se transformer en boîte de sardines.

– C'était une simple réflexion, soupira Almut.

– Nous pourrons aller la voir avec les enfants et elle pourra venir chez nous. Aussi souvent qu'elle le voudra.

– Elle pourrait dormir avec les filles dans la chambre d'enfants, proposa Janna-Berta.

Ni Almut ni Reinhard ne répondirent et, le surlendemain, ils partirent chercher les fillettes. Paps et Janna-Berta attendirent leur retour sans quitter la maison. Janna-Berta se hâta de nettoyer les fenêtres de la chambre des enfants, Paps prépara un gâteau de riz aux raisins secs.

– Comme c'est facile aujourd'hui de recueillir des orphelins ! observa Paps en secouant la tête. Autrefois, il fallait s'inscrire des années à l'avance au service d'aide sociale à l'enfance, et l'on n'était jamais sûr d'être déclaré capable d'élever un enfant.

Mais Janna-Berta ne l'écoutait pas vraiment. Elle pensait à la grand-mère des enfants.

On entendit du bruit dehors. Ils arrivaient. Janna-Berta se précipita. Ils étaient cinq.

– Bienvenue ! s'écria Paps.

– C'est juste pour les premiers jours, dit la vieille dame toute gênée. Pour que les enfants s'habituent mieux.

– On verra plus tard ! lança Reinhard. Peut-être que vous allez vous plaire chez nous.

Janna-Berta l'avait imaginée petite et délicate, mais elle était aussi grande que Paps et un peu rondelette. Les cheveux presque blancs, elle portait des lunettes de myope à verres épais et semblait à la fois âgée et fatiguée. Elle marchait légèrement voûtée. On la crut sur-le-champ quand elle dit qu'elle n'y arrivait plus avec les petites. Elle s'installa dans la chambre des enfants.

– Elle a des yeux marron aussi beaux que ceux de sa fille, dit Almut à Janna-Berta quand elles furent seules.

Les jours suivants, la question demeura en suspens : la vieille dame allait-elle rester pour la période de transition ou pour toujours ? Personne n'aborda le sujet. Mais toute la famille l'appelait « grand-mère » à l'instar des enfants.

– Ma fille ne voulait pas faire de moi une « mamie », expliqua-t-elle.

Les premiers temps, Almut resta à la maison pour s'occuper des deux petites filles. Ce n'étaient pas des enfants faciles. Irmela, l'aînée, pleurait beaucoup et restait toute la journée dans les jupes de sa grand-mère. Elle était allergique à un tas de choses et devait observer une diète sévère. Quand la nuit elle remuait et qu'Almut venait la voir, elle se mettait à crier. La cadette, en revanche, une petite personne toute ronde et pleine d'énergie, exigeait une surveillance constante. Elle hurlait comme si on l'écorchait quand on contrecarrait sa volonté.

Quelques jours plus tard, comme Reinhard et Janna-Berta revenaient de la ville, ils trouvèrent Almut couchée sur le canapé, en larmes. Paps retenait la petite Ruth et la grand-mère berçait Irmela sur son sein.

– Je n'y arrive pas! se plaignit Almut dans un sanglot. Je n'y arrive vraiment pas.

La grand-mère aussi avait des larmes qui lui coulaient sur les joues.

– Tu n'arrives pas à quoi faire? demanda Reinhard en posant son bras sur ses épaules.

– Les enfants! s'écria Almut. Jamais de ma vie je n'ai vu des enfants aussi difficiles. Je n'en viens pas à bout. Tu comprends, je n'en viens pas à bout! Elles ne veulent ni manger ni dormir, elles ne veulent même pas jouer.

– Si notre enfant avait hérité de ton tempérament, l'interrompit Reinhard, il aurait sûrement été difficile, lui aussi.

– Mais ce serait...

– Ce serait quoi?

– Rien. Tu as raison.

Elle se leva pour aller chercher un mouchoir. Reinhard lui tendit le sien. Elle se moucha et dit :

– *Tu* leur prépares le dîner, d'accord?

Les enfants endormis, Almut, Reinhard et Janna-Berta s'assirent sur le petit perron de la maison et regardèrent les toits de Frauenstein. Il y avait dans l'air une odeur de foin, et le parfum des roses montait des bordures des jardins. Perdue dans ses pensées, Almut s'appuyait contre Reinhard. Comme elle était petite à côté de lui! On n'apercevait que la moustache de Reinhard et ses sourcils broussailleux qui rougissaient dans le soleil couchant.

– Je suis désolée pour tout à l'heure, dit Almut. J'ai un peu perdu la tête.

– Vous allez rendre les enfants? demanda Janna-Berta.

Almut se redressa et rejeta la tête en arrière.

– Mais non! Oublie mes pleurnicheries

de tout à l'heure. J'ai fait mon deuil de certains rêves.

– Tu en es sûre? demanda Reinhard.

Almut le toisa du regard et haussa les épaules. Puis elle se précipita dans la maison.

Janna-Berta l'entendit dire :

– Venez donc nous rejoindre!

Paps sortit et s'assit à côté de Janna-Berta. Almut et la grand-mère arrivèrent un peu plus tard. Almut avait apporté une chaise pour la vieille dame.

– Nous avions encore une décision à prendre, dit-elle. Nous avons décidé que Grand-mère resterait chez nous...

– ... si personne n'y voit d'inconvénient, précisa l'intéressée.

– Personne! s'écria Janna-Berta.

L'inauguration du centre approchait, les rendez-vous s'accumulaient, les manifestations se succédaient. Des bataillons de manifestants allemands passaient la frontière franco-allemande pour participer aux défilés des Français contre le nucléaire. Pendant que Paps et la grand-mère gardaient les enfants, Almut, Reinhard et Janna-Berta se rendirent avec un groupe d'amis à Cattenom. Ils durent prendre des chemins de campagne car les Français avaient fermé le poste frontière.

D'autres groupes apparurent au milieu des champs et se joignirent à eux. Janna-Berta découvrit parmi ces gens les Hofmann et les Jordan, de Schlitz. M. Jordan avait maigri, Mme Jordan portait un pantalon et un parka, au grand amusement de Janna-Berta.

– Janna-Berta ! s'écria Tina Hofmann en courant vers elle pour l'embrasser.

Tina avait encore ses boucles. Partis de Schlitz quelques heures après Janna-Berta, les Hofmann avaient échappé à l'orage.

– Ma pauvre, fit Tina.

Janna-Berta avala sa salive.

– Ils repoussent, répliqua-t-elle presque méchamment. Tu ne vois pas le duvet ?

– Tina pensait à la mort de tes parents et de ton petit frère, expliqua Mme Hofmann.

Janna-Berta dut raconter où elle habitait et ce qu'elle avait vécu.

– Tu as changé, dit Mme Jordan. La dernière fois que nous t'avons vue, tu étais encore une enfant.

– Nous aussi, nous avons changé, dit son mari.

– Et tes grands-parents ? demanda Mme Hofmann.

Janna-Berta expliqua qu'ils étaient toujours à Majorque. Ils ignoraient encore tout de la mort de Papa et de Maman, et de ses frères.

– Oh! mon Dieu! s'exclama Mme Jordan. Ils ne savent pas ce qui les attend! Une fois levée l'interdiction qui pèse sur la zone C, ils ne tarderont pas à rentrer.

M. Hofmann poussa le groupe à avancer. Il ne fallait pas rester à la traîne. Tina resta près de Janna-Berta. Ils marchaient dans le brouillard. Puis il se mit à bruiner. Janna-Berta apprit que l'interdiction serait levée le 1er octobre.

– Les Jordan veulent rentrer immédiatement chez eux, raconta Tina. Dès le premier jour. À cause de leur jardin. Les agriculteurs du Schlitzerland ont aussi l'intention de revenir tout de suite chez eux.

D'autres, apprit Janna-Berta, ne voulaient plus du tout retourner dans leur maison. Les Eggeling par exemple. Ils craignaient pour leur santé. Le poison était, on ne savait encore pour combien de temps, dans le sol, et tout ce que l'on mangeait ou touchait était contaminé. Les Eggeling vivaient maintenant près de la frontière hollandaise chez des parents; ils avaient l'intention d'y rester.

– Et vous? demanda Janna-Berta.

– Nous allons émigrer. En Colombie. Nous attendons d'avoir réuni l'argent nécessaire. Les Européens doivent déposer une caution quand ils veulent immigrer. Et la traversée coûte cher. Mais les Colombiens accueillent tout le monde, y compris ceux qui sont contaminés.

La Colombie? Autrefois, elle avait ardemment souhaité voyager un jour en Amérique du Sud. À cet instant, elle songea à leur maison sur le flanc de la colline. Elle la vit briller au soleil. La petite ville s'étendait à ses pieds. Les contours des deux châteaux forts et de la grosse tour se découpaient sur le ciel avec, entre eux, l'étroit clocher de l'église évangélique.

Schlitz était le plus bel endroit au monde.

Quand ils rejoignirent les autres groupes, la bousculade battait son plein. La police française avait attendu les manifestants à la sortie du village et les avait repoussés. Janna-Berta quitta Tina pour aller retrouver Almut et Reinhard.

– Si tu veux venir en Colombie, proposa Tina, écris-nous!

– Je veux retourner à Schlitz, répondit Janna-Berta.

– Passe nous voir! lui cria Mme Jordan en agitant la main en signe d'au revoir.

Janna-Berta se fraya un passage à travers la foule jusqu'à ce qu'elle tombât sur Almut. Elle apprit que Reinhard avait été arrêté. Il ne fut libéré que le soir. Il avait une plaie sur le front, recouverte d'un pansement de fortune. Du sang séché collait à ses sourcils et à sa moustache. À l'épaule, sa manche de chemise était presque complètement déchirée. Almut l'embrassa avec fougue.

– J'ai encore eu de la chance, malgré tout, dit-il sur le chemin du retour.

Quatre manifestants avaient été tués, trois Français et un Allemand. Plus de trente personnes étaient grièvement blessées, dont plusieurs policiers. On racontait que, dans leurs rangs, on avait discuté ferme : beaucoup avaient refusé de marcher contre les manifestants, plusieurs s'étaient solidarisés avec eux.

L'autocar tomba en panne. Ils n'arrivèrent chez eux que vers minuit, morts de fatigue et de faim.

Trois jours plus tard, la date de la levée de l'interdiction qui frappait la zone C fut officiellement annoncée : le 1er octobre. Le Bundestag avait entériné cette décision à une courte majorité. Selon les déclarations du nouveau ministre de l'Environnement la contamination avait diminué et l'on pouvait se rendre dans cette zone sans danger. Quoi qu'il en soit, celui qui rentrerait le ferait à ses risques et périls.

– Ils n'auraient pas dû lever l'interdiction, affirma Almut avec colère. Tout est encore contaminé ! C'est une folie que d'y envoyer les gens. Et ils n'ont pas honte de leur imposer ce risque... et de leur en imputer la faute si les choses se passent mal !

– Il doit y avoir un fort lobby [1] derrière cela, avança Reinhard.

– Des intérêts commerciaux, renchérit Paps à l'arrière-plan. Et l'angoisse de la propriété.

– Et le mal du pays, ajouta la grand-mère.

Janna-Berta la regarda avec étonnement.

– Je suis originaire de Prusse-Orientale, dit-elle. Je sais de quoi je parle.

Le mois de septembre fut une succession de magnifiques journées ensoleillées. Reinhard rapporta à la maison des rouleaux de toile et les déroula dans le jardin. Il fallait encore peindre des banderoles pour la manifestation. Des gens vinrent aider, qui peignirent plusieurs jours durant et devinrent des amis. Certains restaient la nuit. On mit du temps à confectionner un calicot géant que l'on suspendrait au-dessus de la tribune des orateurs. Il y était écrit : VIVE LA VIE ! Dans l'herbe, à côté, il y avait d'autres banderoles. Pressés

1. Groupe de pression.

contre la clôture, les enfants de Frauenstein venaient voir. Ils ne comprenaient pas le sens des phrases : TROMPEZ LA MORT ! ou NON À LA LANGUE DE BOIS ! Ils se demandaient ce que signifiait la question : DIREZ-VOUS ENCORE QUE VOUS N'EN SAVIEZ RIEN ? Ils ricanaient en lisant : HIBAKUSHA DE TOUS LES PAYS, UNISSEZ-VOUS ! En revanche, ils hochaient la tête à la lecture de : À BAS, LES POLITICIENS !

Ruth et Irmela gambadaient au milieu des peintres, se roulaient dans l'herbe et pataugeaient dans la baignoire remplie d'eau qui chauffait au soleil. Quand Janna-Berta apparaissait, elles couraient à sa rencontre pour se faire cajoler et porter. Reinhard leur avait bricolé une balançoire. Elles ne s'en lassaient pas. La grand-mère les poussait des heures durant. Pendant leur sieste, elle tricotait.

– Quand on voit les choses comme ça, remarqua Reinhard, on pourrait croire que le monde est guéri.

– Ça serait bien qu'un troisième enfant s'ébatte avec les autres, dit Almut avec tristesse.

– Et un quatrième, et un cinquième, ajouta Janna-Berta.

– Toute la colline et toute la vallée pleines d'enfants, renchérit Paps. Et des adultes jusqu'à l'horizon.

– N'oublions pas l'avenir, dit la grand-mère en réajustant ses lunettes.

Ses aiguilles cliquetaient.

– C'est quoi ? demanda Janna-Berta en caressant la laine douce et blanche.

– Une surprise, répondit la grand-mère en clignant des yeux derrière ses grosses lunettes. Pour toi.

Cette nuit-là, Janna-Berta rêva de ses parents. De retour après une longue absence, ils étaient assis avec elle sur les marches de la maison de Frauenstein et contemplaient le coucher du soleil, et Janna-Berta essayait en vain de se souvenir dans quel lieu ils étaient restés si longtemps.

CHAPITRE XIV

Le 1er octobre, un jeudi, les bénévoles occupés aux derniers préparatifs avant l'inauguration se pressaient devant le téléviseur installé dans le hall d'entrée du futur centre des *hibakusha.* La télévision présentait un grand nombre de reportages sur les gens qui rentraient chez eux. On vit des images émouvantes de Fulda, de Schlüchtern, de petits villages de la Rhön, de Coburg et de Bamberg. Des propriétaires ouvraient la porte de leur maison, des femmes inspectaient leur cuisine, des petites filles couraient en poussant des cris de joie vers leur coin à poupées. On montra aussi un jardin abandonné et même un clapier avec ce qui restait des lapins crevés. Mais l'image fut vite remplacée par celle de la silhouette paisible et intacte d'un village des bords du Main.

Dressée sur la pointe des pieds, Janna-

Berta essayait d'attraper au vol quelques images. Allait-on aussi montrer Schlitz? Une vieille femme de la vallée de la Sinn apparut sur l'écran. On l'avait filmée au moment où elle se précipitait vers sa maisonnette à colombages. Les mains tremblantes, elle ouvrit la porte de son jardin. On vit son visage en gros plan. Des larmes coulaient sur ses joues. Un reporter lui demanda comment elle se sentait. « Maintenant ça va aller mieux », répondit-elle dans un sanglot.

Janna-Berta éclata de rire, d'un rire si puissant et si perçant que les gens se retournèrent et la regardèrent avec étonnement.

Dans l'autobus qui la ramenait à la maison, Janna-Berta pensait encore à Schlitz. Deux hommes assis devant elle, des collègues de travail, apparemment, parlaient de leurs enfants. Leur bavardage n'intéressait pas Janna-Berta, mais ils parlaient si fort et ils étaient si proches d'elle qu'elle ne pouvait s'empêcher de les écouter.

Puis la conversation porta sur un autre fils, étudiant en linguistique. Manifestement ses parents se faisaient du souci.

– Il a pour amie une fille de Fulda, expliqua l'homme. Comme de juste. Je te garantis qu'elle a eu son compte.

– Ça se voit sur elle? demanda l'autre.

– Non, ce n'est pas non plus qu'elle soit malade. Mais personne ne sait de quelles séquelles héréditaires ces gens-là sont porteurs. On ne s'en rendra compte que quand il sera trop tard. J'essaye de l'expliquer à mon gamin. Mais il est têtu, tu ne peux pas t'imaginer!...

– L'amour rend aveugle..., commenta l'autre. Mais tu as raison. Le mien ne s'intéresse pas encore aux filles.

À son arrivée à la maison, Ruth courut s'accrocher à elle.

– Lâche-moi! fit Janna-Berta en détachant les petites mains de sa jambe.

Ruth gloussa et s'agrippa à l'autre. Janna-Berta la repoussa alors si violemment que l'enfant tomba par terre et se mit à pleurer.

– Qu'est-ce que ça signifie? demanda Paps en regardant Janna-Berta d'un air effrayé.

À ces mots, Janna-Berta gravit en courant les marches du grenier et se jeta sur son matelas.

Le lendemain, la veille de l'inauguration, ils se retrouvèrent tous au centre, y compris les enfants et leur grand-mère. Il y avait encore tellement à faire! Janna-Berta aida à installer les chaises. Il devait y en avoir plusieurs rangées devant la tribune, pour les malades et leurs accompagnateurs. Au fond, on avait prévu de mettre de longues tables et des bancs : il fallait que les gens des différents quartiers et villages puissent se rencontrer. Un si grand nombre de volontaires avaient répondu à un appel paru dans le journal qu'ils se gênaient presque.

Janna-Berta se retrouva soudain devant Meike, une amie de Fulda. Meike lui sauta au cou, mais son père sur le parking lui faisait des signes.

– Il faut que j'y aille, dit-elle, il ne supporte plus que les choses ne se passent pas comme il le voudrait.

– Elmar est mort, dit Janna-Berta.

– Elmar ? s'écria Meike, bouleversée. Tu sais qu'Ingrid, elle aussi... ? Non ? Je reviendrai demain et je te raconterai tout !

Janna-Berta abandonna les chaises qu'elle transportait et se dirigea vers le bâtiment que la ville avait mis à la disposition des *hibakusha.* Elle avait besoin d'une pièce vide où réfléchir en toute tranquillité.

– Janna-Berta ! Janna-Berta !

C'était la voix aiguë et lointaine d'Irmela. Mais elle ne se retourna pas.

Une fenêtre était ouverte. Elle entendit la voix d'Almut :

– Le maire va prendre la parole : il parraine la manifestation !

Comme elle s'approchait de l'entrée que l'on était en train de décorer de guirlandes, elle entendit quelqu'un l'appeler par son nom. Elle fit celle qui n'entendait pas, souhaitant qu'on la laissât tranquille. Ingrid était morte! Elle revoyait son visage rieur. Elles avaient échangé presque chaque jour leurs sandwichs pendant les récréations. Il y avait toujours sur les tartines d'Ingrid une épaisse tranche de viande fumée ou de pâté de foie, inconnus chez Janna-Berta. Elle, c'était du fromage, les meilleures sortes. Elle avait rendu visite une fois à Ingrid, dans une petite ferme de la vallée de la Rhön.

Une voix masculine l'appela de nouveau :

– Janna-Berta!

Rien à faire, il fallait qu'elle se retourne. C'était Lars, Lars, de Schlitz, avec qui elle était rentrée en voiture à la maison le jour de la tragédie.

Il fit semblant de ne pas voir son crâne chauve, lui serra longuement la main.

– Viens, lui proposa-t-il. Mes parents sont assis là-bas à une table. Il y a aussi les Miltner.

– Je n'ai pas le temps, répondit-elle en hésitant. J'aide ma tante.

– Ça ne t'intéresse pas que je te parle de Schlitz? J'y étais hier.

Elle le regarda avec de grands yeux, puis l'accompagna. La mère de Lars lui sourit d'un air embarrassé quand elle aperçut son crâne chauve, sans pouvoir détourner le regard.

– J'ai une perruque, dit Janna-Berta, mais je ne la mets pas.

La mère de Lars la regarda sans comprendre, puis secoua la tête.

– Je n'aurais pas le courage de me balader comme ça, dit-elle en s'adressant à Mme Miltner qui prit la main de Janna-Berta en murmurant :

– Sincères condoléances.

– Maman ! s'écria Lars.

Il fit asseoir Janna-Berta sur le banc et se mit à parler à toute vitesse. Ils vivaient maintenant à Mayence. Le dentiste était parti avec sa famille au Venezuela chez des parents et les Soltau dans leur appartement de vacances à Marbella. Et les Trettner au Canada.

– Les Trettner ont eu une chance inouïe, commenta la mère de Lars sur un ton de reproche. Dieu sait quelles relations ils avaient. Nous sommes allés trois fois à l'ambassade du Canada. Nous avons rempli des montagnes de formulaires. Tout ça pour rien. Ils refusent l'entrée aux gens qui sont contaminés. Alors que nous ne le sommes pas. Mais comment le leur prouver ?

– Et comment c'est à Schlitz? demanda Janna-Berta.

– Finalement nous allons nous rendre en Afrique du Sud, dit la mère de Lars, sans lui répondre. Ils sont encore humains. Ils laissent entrer les Allemands, contaminés ou non. Les Miltner aussi viennent avec nous. Dans trois semaines, ça sera fait.

– Et comment c'est à Schlitz? demanda à nouveau Janna-Berta.

– Les Jordan y sont repartis avant-hier, répondit la mère de Lars. Et les Heimbach y retournent ce matin. Mais jamais plus ça ne sera comme c'était. Beaucoup ne voudront plus y habiter.

Elle parlait sans arrêt. Impossible de l'interrompre. Des foules de gens quittaient l'Allemagne fédérale. Les évacués n'étaient pas les seuls à s'enfuir. Les consulats étrangers étaient régulièrement pris d'assaut. Elle en savait quelque chose! Ils avaient commencé par vouloir aller aux États-Unis. Rien à faire. Puis au Canada. Pareil. Au consulat de Turquie on leur avait ri au nez.

Elle s'animait de plus en plus :

– Les trois quarts des gens veulent aller en Amérique du Sud. On n'y entre que si on a de l'argent. Plus on en a, plus c'est facile. Notre médecin de famille est parti au Kenya.

En tant que médecin, il a naturellement plus de chances que nous autres. Il paraît également que les Népalais sont généreux. Mais qui a envie de partir au bout du monde ? Heureusement que quelqu'un nous a donné la combine de l'Afrique du Sud. Le climat y est idéal ! Et l'on y est le bienvenu même sans fortune.

– Schlitz, demanda Janna-Berta. C'est comment à Schlitz ?

– Vide, dit le père de Lars. Que faire avec un magasin sans clientèle ? Et nous pourrons attendre longtemps avant d'être dédommagés !

Sur son banc, Janna-Berta garda le silence. Mais Lars bondit.

– Je me demande si vous avez encore toute votre raison ! Votre boutique de merde, elle intéresse qui, maintenant ? Qui, en dehors de vous ? Qui va *la* dédommager, *elle* ? s'écria-t-il en désignant Janna-Berta. Est-ce que vous y avez réfléchi ? Dites-moi : combien valent des parents. Et ses frères ? De quoi vous vous plaignez au juste ? Qui a toujours été pour l'énergie nucléaire ? « Pour ne pas que les lumières s'éteignent. » Vous vous en souvenez ? Non ?

Ses parents le regardaient, interdits. Il s'éloigna en entraînant Janna-Berta avec lui.

– Partez en Afrique du Sud, vous serez

chez vous! leur lança-t-il par-dessus son épaule. Et que la folie continue!

Ils s'arrêtèrent sous une rangée d'arbres.

– Il le fallait, affirma-t-il. Il y a longtemps que ça me démangeait. Merci de m'avoir aidé!

– Parle-moi de Schlitz, dit Janna-Berta.

Des ombres jouaient sur son visage. Il haussa les épaules.

– Un spectre. De loin, la ville a l'air intacte : la colline, les pignons à colombages, les tours. Mais quand tu traverses, les pas résonnent, et devant les maisons les arbustes sont secs. Les trois quarts des persiennes sont fermées. Les jardins sont pleins de mauvaises herbes, il y en a aussi entre les pavés, sur la place du marché, et l'on voit çà et là des souris traverser la rue.

Janna-Berta aurait aimé poser des questions sur sa maison. Mais elle était sur le flanc de la colline, à l'écart. Il n'était certainement pas passé par là. Et d'ailleurs qu'est-ce qu'on peut dire d'une maison quand on ne la voit que de l'extérieur?

– Mes parents, poursuivit Lars, ne voulaient savoir qu'une chose : si la maison ou le magasin avaient été pillés. Mais il ne manquait rien. Constatant que le courant avait déjà été rétabli, ils ne tarissaient plus d'éloges sur l'ordre allemand.

Il réfléchit.

– Le plus inquiétant là-bas, c'est les feuilles. Elles sont déjà toutes jaunes comme si on était à la fin octobre, et certains arbres n'en ont déjà plus.

Janna-Berta leva les yeux vers la cime des arbres.

– Vas-y, sinon tu n'arrêteras pas d'y penser, lui conseilla-t-il avant d'ajouter : Je n'aurais jamais cru que je tenais tant à ce bled.

– Merci.

Ils se quittèrent sur un simple signe de tête. Janna-Berta le regarda rejoindre sa famille.

Elle-même retourna dans le pré. Elle trouva la grand-mère devant la tribune des orateurs et la déchargea de la garde des enfants. Soulagée, la vieille dame reprit son tricot qui gonflait sur ses genoux. Les aiguilles cliquetaient. Elle rabattait des mailles.

Janna-Berta découvrit Paps derrière la tribune. Il bricolait des câbles électriques. Elle le regarda jusqu'à ce que les enfants se mettent à pleurnicher. Elle aimait sa présence. Parfois il levait les yeux et lui souriait. Elle lui rendait son sourire. Ils n'échangeaient pas une parole.

Le soir, lorsqu'ils se retrouvèrent à la maison, Janna-Berta s'ouvrit aux autres de son projet de partir le lendemain matin pour Schlitz.

Almut était consternée.

– Là-bas ? s'écria-t-elle. Dans la zone contaminée ? Mais pourquoi si brusquement ? Laisse donc passer encore quelques semaines ou quelques mois. Tu n'y perdras rien. Tu n'as personne là-bas qui t'attende.

– L'intérieur est de toute façon plein de poussière, lui fit remarquer Reinhard, et l'hiver viendra à bout de toutes les herbes du jardin.

Ils avaient raison. Et pourtant... Elle ne pouvait tout simplement plus attendre.

– Demain, c'est l'inauguration, lui rappela Almut. Tu veux la manquer après tout ce que tu as fait ?

– Laisse-la partir, dit Paps. Si elle a besoin d'y aller, vous ne pouvez pas la retenir.

– Mais tu reviendras ? demanda la grand-mère d'un air anxieux.

– Je ne sais pas encore, répondit Janna-Berta. Je ne veux pas vous le promettre. Tout est encore possible.

– J'ai l'impression que tu fais exactement ce qu'il faut faire, convint Paps. Nous te souhaitons un bon voyage... J'espère que tu ne seras pas trop déçue.

Almut lui donna un porte-monnaie avec un billet de cent marks et un peu de monnaie.

– Tu ne t'en vas pas bien loin.

Janna-Berta lui demanda de lui prêter son grand sac de jute.

Tard le soir, elle sortit sans qu'on le remarque, et mit dans son sac la petite pelle pliante qu'elle avait découverte quelques jours plus tôt dans la cabane à outils.

Le lendemain matin, Janna-Berta se leva et se prépara au départ de très bonne heure, mais pas assez tôt : la grand-mère l'avait entendue. Elle sortit doucement de la chambre des enfants et lui mit un tricot blanc et gonflant dans la main.

– C'est un bonnet, murmura-t-elle. Les matins d'octobre, il peut faire déjà froid. Et tu m'as raconté qu'en automne il y a souvent du brouillard dans la vallée de la Fulda. Il se peut que tu en aies besoin.

Janna-Berta le fourra dans son sac, prit la grand-mère dans ses bras, embrassa ses joues duveteuses et la remercia pour le joli bonnet. Peu après, elle descendait la pente en courant jusqu'à l'arrêt de l'autobus. Elle portait le même pantalon, le même T-shirt que le jour de son arrivée à Wiesbaden. Seul son anorak était nouveau. La grand-mère le lui avait offert. Il avait appartenu à la mère d'Irmela et de Ruth.

CHAPITRE XV

Il bruinait. Il y avait du brouillard dans la vallée du Rhin. Heureusement, Janna-Berta n'attendit pas longtemps à l'entrée de l'autoroute. La deuxième voiture à s'arrêter roulait en direction de Kassel. La femme qui la conduisait regarda le crâne de Janna-Berta et se mit aussitôt à raconter les souffrances de sa sœur. Elle avait vécu à Bad Neustadt et tout perdu.

– Tout ! s'écria-t-elle.

– Mais elle vit encore, rétorqua Janna-Berta.

La femme ne l'écouta pas et poursuivit son récit. Janna-Berta n'avait pas besoin de répondre. Elle somnola.

Elle descendit à la sortie de Giessen-Est. Cueillit un gros bouquet dans un champ de dahlias jusqu'à ce qu'un étudiant barbu, dans une antique Fiat, s'arrêtât. Elle avait de la chance : il se rendait à Berlin. Quand il sut qu'elle avait l'intention d'aller dans la zone C, anciennement interdite, il eut un air interrogateur.

– J'ai encore quelque chose à faire là-bas, dit-elle en lui demandant de la déposer près de Bad Hersfeld.

– Réfléchis bien, dit-il. Ce que tu as à faire peut ne pas être aussi important que ça.

Mais elle était décidée. Au moment de descendre, la pelle pliante glissa de son sac. L'étudiant vit la pelle, puis la regarda.

– Tu veux déterrer quelque chose ? demanda-t-il.

– Je veux enterrer quelqu'un.

– Tous les morts sont enterrés. Même les cadavres d'animaux. Ils ont envoyé aussitôt des troupes spéciales pour le faire.

– Je ne crois pas qu'ils aient aussi cherché dans les champs de colza.

– De qui s'agit-il ?

– De mon petit frère.

– Remonte, je vais t'y conduire.

Il roula les fenêtres fermées. L'un et l'autre se turent durant le trajet. Juste avant d'arriver à Asbach, elle lui demanda de s'arrêter, le remercia d'un dahlia rouge pris dans son bouquet, le lui tendit et descendit. Il fit demi-tour et s'éloigna. Sur la large route fédérale 62, il n'y avait presque pas de circulation. Évitant le détour par le village, elle coupa à travers champs. Parmi les hautes herbes, elle découvrit des pieds de pommes de terre aux tiges rabougries. Elle arriva à la voie de chemin de fer, s'arrêta, regarda longuement le village en face. La vallée dégageait une lumière brunâtre. Dans le village, quelques arbres avaient déjà perdu leurs feuilles. Elle respira profondément et monta sur le talus du chemin de fer.

Son vélo était encore là, à côté des rails, rouillé, le cartable coincé sur le porte-bagages. Au-delà, le champ de colza, que personne n'avait fauché, s'étendait sans rien laisser paraître.

Elle descendit lentement de la voie en direction du vélo tordu d'Uli posé sur le talus. Le sac en plastique était déchiré. Des animaux avaient tiré dessus pour manger les provisions. Sur le chemin empierré livré aux mauvaises herbes, elle découvrit l'ours en peluche. Écrasé et couvert de poussière. Sa couleur brune avait pâli.

Elle s'engagea dans le champ, avançant avec précaution, repoussant les tiges. Elle dut chercher un moment avant de trouver Uli. De l'arroche et de la camomille sauvage recouvraient presque entièrement ses restes. Aucune puanteur. La clé de la maison pendait encore au bout du lacet de cuir rouge. Comme elle tirait, il céda sans qu'elle eût besoin de l'arracher. La clé lui tomba dans le creux de la main. Elle la mit dans sa poche et sortit la pelle pliante de son sac de jute.

Pas besoin d'un grand trou. Quand la fosse lui parut suffisamment profonde, elle en recouvrit le fond des dahlias déjà fanés, et y déposa ce qui restait de son frère. Elle alla chercher son ours en peluche et le posa pardessus. Puis elle les recouvrit de terre qu'elle piétina. Plusieurs fois elle résista à une très forte envie de vomir.

Enfin, elle s'empressa de replier la pelle et de retraverser le champ de colza, sans se retourner, et remonta sur le talus comme quelqu'un qui, poursuivi par la marée, se réfugie sur une digue. Hors d'haleine, elle regarda derrière elle le champ de colza. Les traces de son passage étaient presque invisibles et elle ne retrouva plus l'endroit de la tombe.

Elle sentit ses genoux trembler. Maintenant elle n'avait plus besoin de faire d'efforts. Elle se laissa tomber par terre, resta longtemps allongée sur le dos en regardant les nuages passer au-dessus d'elle, doux et paisibles, gonflés comme du coton hydrophile.

Ça devait être bien d'être couché sur un

lit de dahlias, dans le silence, l'obscurité et la fraîcheur, sans angoisse.

Les chambres à air de son vélo étaient à plat, mais la pompe fonctionnait encore. Elle les regonfla, retira le cartable coincé sur le porte-bagages et le jeta sans même l'ouvrir. Puis elle fixa la pelle sur le porte-bagages et descendit le talus le vélo à la main. Les pédales étaient dures et le vélo grinçait. Mais elle avançait.

Dans le village, il n'y avait pas âme qui vive. Les feuilles sèches et le sable apporté par les dernières averses étaient encore dans les rues. Un rat traversa la chaussée. Devant la porte d'une maison, un chien dont on ne voyait que les os était couché. Impossible de se rendre compte s'il était mort ou s'il dormait. Au croisement, Janna-Berta trouva l'autocar incendié et les épaves de plusieurs voitures écrasées. La chaussée avait été débarrassée au bulldozer.

Elle prit la route fédérale 62. Quelques maisons plus loin, une famille déchargeait une voiture et portait des valises et des cartons à l'intérieur. À l'étage supérieur, une femme ouvrit une fenêtre. Janna-Berta l'entendit crier :

– Dieu merci, rien n'a bougé ! Mais les souris !...

Puis elle atteignit la sortie du village. Au moment où Janna-Berta passait sur son vélo qui grinçait, un chat hirsute bondit par la vitre à moitié ouverte d'une Golf. Sur le toit de la voiture il y avait une galerie. À côté une chaise percée.

Beiershausen et Niederaula se remettaient aussi à vivre. Janna-Berta vit une femme nettoyer ses fenêtres et un homme qui contemplait des blés bruns et gris couchés par la pluie. Un vieil homme et un enfant d'une douzaine d'années sortaient d'une porcherie les restes de ce qui avait dû être un cochon. Les équarrisseurs l'avaient sûrement oublié.

Comme elle regonflait ses pneus, un chien aboya. Il lui fallait s'arrêter de plus en plus souvent pour le faire. La chaleur de l'été avait rendu les chambres à air fragiles.

La bruine avait cessé. Le pont de l'autoroute émergea vaguement du brouillard. La circulation en direction du sud était fluide : des camions et des voitures aux toits chargés de bagages. Un cimetière de voitures recouvrait le talus près de l'entrée de l'autoroute. Une bande de corbeaux posés sur les épaves s'envola au passage de Janna-Berta.

Elle quitta la route fédérale pour prendre la départementale. La campagne schlitzoise commençait à cet endroit. Unterwegfurth,

Oberwegfurth. Une femme balayait le trottoir, deux enfants jouaient au ballon dans la rue, un homme couché sous un tracteur, sur le pavé d'une cour de ferme, donnait des coups de marteau. Il y avait une odeur de soupe aux choux. Passé Oberwegfurth, Janna-Berta s'arrêta sous un arbre au bord de la route : elle s'y était appuyée quand Uli avait avalé son pain et son fromage. À cet instant, Maman et Kai vivaient encore, Jo sûrement aussi. Papa était peut-être déjà mort. Et Mamie Berta et Papy Hans-Georg étaient assis sur leur terrasse à Majorque, buvant leur café sans rien soupçonner.

Elle chercha la clé dans sa poche de pantalon. Puis elle regonfla ses pneus et continua à pédaler. Rimbach, Queck. Elle y avait souvent fait des randonnées avec ses parents et ses frères. Papa et Papy Hans-Georg étaient des randonneurs passionnés. Ces jours-là, ils ne faisaient plus qu'un. Combien de fois ne s'étaient-ils pas querellés à propos de politique, pour oublier devant un beau pied de cèpe les raisons de leur bagarre !

Dans un jardin, un arbre était tombé. Il avait écrasé la clôture. Un vieil homme l'ébranchait à la hache. Dans un autre coin du jardin, une femme ramassait des pommes. Elle interpella Janna-Berta et lui demanda où elle allait.

– À Schlitz? s'étonna-t-elle. Toute seule?

– Mes parents sont morts, expliqua Janna-Berta. Mais nous y avons encore notre maison.

– Qui étaient tes parents? demanda la femme en renouant son foulard.

– Les Meinecke.

– Oh! mon Dieu, s'écria la femme en regardant fixement Janna-Berta, les Meinecke! Dans quel monde vivons-nous? Qu'avons-nous fait pour le mériter?

– Tu en poses, des questions, Marta!... bougonna l'homme. L'humanité est prise de folie. Elle a voulu tout savoir et mieux faire que notre Seigneur Dieu. Elle avait besoin d'une Cocotte-minute, elle l'a maintenant.

– Tu as dit exactement la même chose après la guerre! rétorqua la femme.

– Justement. Mais la guerre n'a pas suffi. On l'avait déjà oubliée. Je vous l'ai dit la fois où le Ralf et la Leni ont pris l'avion pour partir en vacances au Maroc – des paysans, en juillet! Ça ne peut pas marcher, j'ai dit, c'est un sacrilège. Et quand ils n'ont plus mis les bêtes au pré, je le leur ai dit aussi. Notre Seigneur Dieu ne se laisse pas marcher sur les pieds.

– Oui, oui, fit la femme agacée, tu as toujours tout su avant tout le monde. Tu es parent par alliance avec notre Seigneur Dieu.

Puis elle se tourna à nouveau vers Janna-Berta :

– Il ne doit pas encore y avoir grand monde à Schlitz. Nous aussi, nous ne sommes ici que depuis hier. Certains ne viennent que pour voir comment c'est, puis ils repartent aussitôt. Si tu ne trouves personne, reviens ici. Après, tu verras.

Janna-Berta remercia, remonta sur son vélo et prit la direction d'Hutzdorf. Elle passa devant le fossé où ils avaient bu, Uli et elle. Elle s'arrêta et, comme elle avait encore de la terre sur les mains, elle se les lava. En face se dressait le Tempelberg, au pied duquel la Schlitz se jetait dans la Fulda. Le brouillard s'était levé. Un lambeau de ciel bleu apparut au-dessus de la forêt.

Là, autrefois, il y avait du bétail. Maintenant, il n'y avait plus de bêtes dans le Schlitzerland. Travailler la terre avait-il un sens ? Pourrait-on consommer les nouvelles récoltes ? Aucun des anciens habitants n'était revenu. Ici, il n'y avait vraiment aucun avenir. Ce petit coin de campagne resterait pour toujours pauvre et malade.

Janna-Berta appuya plus fort sur les pédales bien qu'elle roulât presque sur les jantes. Elle aperçut devant elle la colline qui dominait la ville avec les silhouettes des premiers remparts et des tours, et pensa à leur maison. Quelqu'un l'appela, dans son dos. N'était-ce pas la voix de la gentille vendeuse de la boucherie ?

Mais elle ne voulait plus s'arrêter. Il fallait d'abord supporter l'épreuve du retour, la vue de la maison dans laquelle personne ne l'attendait.

Elle passa devant les premières maisons d'Hutzdorf, les premières maisons de Schlitz, aveugle à tout ce qui bougeait, et au soleil qui se reflétait dans les flaques d'eau, tourna devant l'ancienne gare et entreprit de monter la pente. Mais le vélo rouillé ne lui était plus d'aucune aide. Elle le posa contre un mur et continua à pied. Le bungalow des Soltau était silencieux. Les persiennes baissées. Sur les marches du perron, les branches que le vent avait arrachées s'étaient amoncelées, des feuilles mortes bruissaient légèrement. Les géraniums devant les fenêtres étaient tout secs.

Janna-Berta regarda de l'autre côté, celui de la pente. À cet instant, la maison au pignon pointu apparut, encadrée d'arbres fruitiers, de lilas et de genêts. Le cœur de Janna-Berta battit plus vite : en dehors des magnifiques géraniums de Mamie Berta qui avaient disparu, tout semblait comme avant. Il ne lui restait plus qu'à grimper à toute vitesse les cinquante et une marches et à sonner avec fougue comme elle l'avait toujours fait. Puis la porte s'ouvrirait et Maman se tiendrait dans l'encadrement de la porte. « Te voilà ! » dirait-elle. Kai galoperait jusqu'à elle, elle le prendrait dans ses bras et l'embrasserait et il se laisserait faire ; Uli apparaîtrait, une râpe à la main, les doigts pleins de petits morceaux de pommes de terre et s'écrierait : « Encore trois pommes de terre et j'aurai fini ! » Le parfum de la fumée de pipe de Papa arriverait jusqu'à elle par la porte de la salle de séjour.

Janna-Berta eut du mal à monter les marches. À mi-hauteur, elle dut s'arrêter et prendre appui sur la balustrade de pierre. Elle avait souvent vu Mamie Berta faire de même en rentrant des courses. Son cœur battait très fort et ses genoux étaient tout faibles. Elle se souvint des fois où, sautant les marches, elle précédait sa grand-mère et, arrivée en haut, lui criait en riant : « Je suis déjà là ! »

Mamie Berta, à mi-hauteur, appuyée à la balustrade, levait la tête et criait d'une voix sans timbre : « Attends, quand tu seras vieille, tu verras ! »

Elle continua à monter lentement. Sous le balcon il y avait un tas de géraniums desséchés. Elle s'étonna. C'était un fait, personne n'avait arrosé les géraniums après qu'ils avaient quitté la maison, Uli et elle. Mais qui avait arraché les plantes desséchées des bacs à fleurs, alors que la maison était vide ?

L'espoir se raviva, grandit, lui coupa le souffle. Et si tout cela avait été un malentendu ? Un malencontreux concours de fausses informations et d'erreurs ? Si Papa et Maman et Kai... ?

Elle sortit la clé de sa poche et, sans bruit, ouvrit la porte.

CHAPITRE XVI

Elle tendit l'oreille. Rien ne bougeait. Ni le grincement de la porte qui séparait la cage d'escalier de l'appartement, ni le tac-tac des talons de Maman, ni le trottinement des enfants ne se firent entendre. Un air confiné avait remplacé le parfum du tabac pour la pipe. Venue de dehors, une odeur de feuilles pourries s'insinua dans la maison. Janna-Berta s'assit dans l'escalier, la tête entre les mains.

Il y avait pourtant des bruits ! Des bruits de pas lourds et lents provenant de l'étage supérieur, celui où habitaient Mamie Berta et Papy Hans-Georg, qui descendaient l'escalier. Les pas de Papy Hans-Georg : impossible de s'y méprendre ! Elle l'entendit même à l'instant qui se raclait la gorge.

– Il y a quelqu'un ? cria-t-il du haut de l'escalier.

Elle se retourna brusquement, sortit précipitamment son bonnet blanc du sac de jute et le mit sur sa tête. Puis elle se montra.

– C'est moi, dit-elle.

Il se pencha par-dessus la rampe de l'escalier. Elle reconnut son long visage étroit, rasé de près, avec ses poches sous les yeux et sa mèche grise qui lui tombait toujours sur le front. Il ne voyait plus bien et mit un moment avant de la reconnaître.

– Grand Dieu, Janna-Berta, c'est toi? s'écria-t-il.

Il descendit deux marches pour venir à sa rencontre, puis fit demi-tour pour crier en direction du haut de l'escalier :

– Berta, viens vite, c'est Janna-Berta !

Il n'était pas encore arrivé près d'elle que, à l'étage supérieur, la porte de l'appartement s'ouvrait et que l'on entendait trottiner. Mamie Berta apparut : sa main d'abord sur la rampe, puis elle pencha la tête. Et déjà elle descendait l'escalier en toute hâte.

– Ah ! ma petite Janna, ma petite Janna, tu es déjà là ! Quelle surprise !

Papy Hans-Georg arriva le premier près de Janna-Berta. Il la serra sur sa poitrine et l'embrassa sur les deux joues. Elle retint son bonnet qui menaçait de glisser. Puis Mamie Berta repoussa Papy Hans-Georg. Janna-

Berta ne se souvenait pas qu'elle fût aussi petite. Il lui fallut se pencher. Ou était-ce parce qu'elle, Janna-Berta, avait grandi entretemps ?

– Comme tu as minci ! dit Mamie Berta en lui tapotant la joue. Ce n'est pas étonnant après toute cette agitation. Mais nous allons bien vite te remplumer.

Janna-Berta avait l'impression de rêver. Elle monta lentement les marches, suivie de ses grands-parents. Mamie Berta s'était accrochée à Papy Hans-Georg. Janna-Berta se souvenait de les avoir toujours vus monter l'escalier comme ça. Une odeur de café passait par la porte ouverte de l'appartement, toujours la même odeur à ce moment de la journée.

– Excuse-nous, dit Mamie Berta qui cherchait à reprendre son souffle, mais nous n'avons pas encore tout nettoyé. La chambre d'amis et le bureau de Papy par exemple. Il y a seulement trois jours que nous sommes ici. Tu ne peux pas savoir comme c'était sale ! De la poussière partout. Et quelle odeur dans l'appartement !

– Nous avons été parmi les premiers, raconta Papy Hans-Georg, à emménager de nouveau ici à Schlitz. Nous étions à Majorque quand nous avons appris que l'interdiction qui frappait la zone C serait levée le 1er octobre. Plus question de patienter. Nous avons retenu un vol qui nous a permis de venir ici directement de l'aéroport. Nous avons pris un taxi, les cars et les trains ne roulent pas encore régulièrement. À Francfort, nous nous sommes fait conduire à un hypermarché et nous avons rempli le taxi de provisions. Les choses ne vont reprendre que peu à peu – je veux dire le commerce et tout le reste.

Mamie Berta l'interrompit :

– Tu sais, nous avions tellement à manger à Majorque, et puis nous nous faisions aussi du souci pour notre appartement.

– Tout est un peu sens dessus dessous à cause de cette malheureuse histoire de Grafenrheinfeld, poursuivit Papy Hans-Georg en souriant, la morale aussi peut-être. En tout cas, nous étions tous les deux d'avis qu'il valait mieux que nous nous occupions nous-mêmes de nos affaires ici, plutôt que d'en confier la surveillance à la police.

– Je crois, suggéra Mamie Berta, que nous pouvons prendre le café sur le balcon. Le soleil est sorti des nuages. En cette saison, il réchauffe encore vite.

– Mamie a même déjà fait des gâteaux, annonça Papy Hans-Georg avec un sourire béat.

– Lui, il a déjà été au jardin, dit Mamie

Berta. Il était tout à fait incapable d'attendre. L'escalier était presque recouvert de végétation. Si tu avais vu cela ! Les buissons s'étaient étalés sans se gêner. Et derrière la maison, les massifs... indescriptible !

Pendant que Papy Hans-Georg arrangeait les chaises et étalait une nappe familière, Janna-Berta, appuyée à la rambarde du balcon, regardait la ville à ses pieds, la ville silencieuse au soleil.

Quelques piétons, de temps à autre une voiture – c'était tout. Les rues étaient parsemées de feuilles mortes que personne n'avait balayées. Les arbres scintillaient au soleil automnal. Beaucoup étaient déjà dénudés.

– La dernière fois, ce jour-là..., commença-t-elle lentement.

Mamie Berta l'interrompit avec un geste de refus.

– Chut ! je ne veux rien entendre. Je t'en prie ! Je ne veux pas qu'on me rappelle ces choses. Soyons heureux que tout cela se soit bien terminé.

– À l'aéroport de Francfort, dit Papy Hans-Georg, nous avons téléphoné à Helga. Nous avons appris que tout le monde allait bien. Ils pourront bientôt sortir.

Janna-Berta respira profondément. Elle regarda Mamie Berta qui lui sourit avec gentillesse et contentement.

– Oui, acquiesça Janna-Berta d'une voix tranquille – un instant, elle ne fut pas très sûre de ne pas mentir –, ils vont bien. Très bien.

– Bon, maintenant tout est rentré dans l'ordre, convint Papy Hans-Georg en s'asseyant au bout de la table d'un air satisfait. Nous allons sûrement les revoir bientôt. Mais les gamins auraient quand même pu nous envoyer un petit bonjour à Majorque. On n'est pas malade au point de ne pas pouvoir écrire au moins une carte.

– Tu oublies le choc, dit Mamie Berta avec lassitude. Il a dû y avoir un sacré désordre.

Elle s'interrompit un instant puis ajouta précipitamment :

– Pouvait-on d'ailleurs prévoir que ces réacteurs nucléaires seraient aussi dangereux ?

Papy Hans-Georg voulut dire quelque chose, mais Janna-Berta ne pouvait laisser passer une telle remarque.

– Maman et Papa ne vous l'ont-ils pas souvent dit ? demanda-t-elle en se penchant en avant dans l'espoir d'une réponse.

– Je suis d'avis..., commença Papy Hans-Georg en levant la main dans un grand geste.

– Non, Hans-Georg, l'interrompit Mamie Berta, laisse-nous d'abord boire notre café. Après tu pourras parler politique.

Parler politique. Janna-Berta se souvenait parfaitement de cette expression. Mamie Berta l'utilisait souvent. De façon un peu dépréciative, comme s'il s'agissait d'un passe-temps particulièrement inutile comme le football, les collections de timbres ou les mots croisés. Elle mettait toujours ses parents en colère.

Mamie Berta s'était assise, elle aussi. La table était joliment dressée. L'odeur du strudel était délicieuse. Il ne manquait rien... pas même la crème fouettée : des délices du bon vieux temps. Chez Helga et Almut, il n'y avait ni crème fouettée ni strudel, et on éclaircissait le café avec du lait en poudre.

– Assieds-toi donc, mon enfant, dit Mamie Berta.

Son bon visage s'éclaira d'un grand sourire.

– Qui aurait pensé que nous boirions aujourd'hui le café à trois? poursuivit-elle avec un petit rire. Pour être exacte, je ne devrais pas dire que nous prenons le café à trois. La petite Janna a son chocolat, comme d'habitude. À ton âge, le café est encore du poison.

Elle se pencha sur la tasse de Janna-Berta et lui versa du chocolat. Janna-Berta s'assit sur le bord de la chaise, prête à bondir à tout instant.

– Mais maintenant, dis-moi pourquoi

vous n'avez pas emporté Coco, demanda Papy Hans-Georg, et Janna-Berta se rendit compte qu'il s'efforçait de ne pas trahir son ressentiment. Quand nous sommes arrivés, nous avons trouvé la pauvre bête morte de faim dans sa cage. Si au moins vous l'aviez libéré ! Explique-moi.

– Nous l'avons oublié, Papy, répondit Janna-Berta.

– Oublié ! s'écrièrent Mamie et Papy avec un parfait ensemble, consternés.

– J'ai pleuré quand je l'ai trouvé, ajouta Mamie Berta en soupirant.

Janna-Berta resta muette.

– C'est bon, fit Papy Hans-Georg d'un ton conciliant, nous n'allons pas gâcher ce bel après-midi avec des reproches. Passons l'éponge là-dessus.

Il y eut un silence. Janna-Berta regardait fixement les fleurs de la nappe et pensait à Uli. Les cuillères à café tintaient doucement dans les fines tasses de porcelaine. Une guêpe tournoyait au-dessus du gâteau.

– Retire donc ton bonnet, mon enfant, dit Papy Hans-Georg.

Janna-Berta secoua la tête. Elle prit un morceau de gâteau. Elle n'avait encore rien mangé de la journée, pas même pris de petit déjeuner. Elle se le fourra dans la bouche. Un fragment de bon vieux temps, garanti contaminé. Elle essayait de ne penser à rien.

– Ton bonnet, ma petite Janna, ton bonnet, tu l'as toujours sur la tête.

– Laisse donc, le gronda Mamie Berta qui, se tournant vers Janna-Berta, ajouta : Tu l'as sûrement tricoté toute seule et tu en es fière. Je le trouve vraiment splendide. Toi aussi, n'est-ce pas, Hans-Georg ?

– La couleur ne me plaît pas. De loin, on pourrait la prendre pour une vieille dame aux cheveux blancs. D'autant qu'elle a complètement caché les siens au-dessous.

Mamie Berta posa sa main sur le bras de Janna-Berta et affirma en hochant la tête d'un air obstiné :

– Moi, il me plaît. Et je trouve que la couleur en est merveilleuse. Par ailleurs, ajouta-t-elle en se penchant à nouveau vers Papy Hans-Georg, n'oublie pas que cette enfant a eu bien des émotions.

– C'est vrai, admit Papy Hans-Georg en reposant bruyamment sa tasse. Bien trop. Des émotions inutiles. L'hystérie allemande. Nous sommes ici à quatre-vingt-dix, cent kilomètres de Grafenrheinfeld, et sur un simple soupçon, on chasse aussitôt toute la population de chez elle. On arrête les usines, on laisse le bétail crever et la moisson pourrir sur pied. C'est pour moi tout bonnement incompréhensible. Il aurait suffi que l'on évacue les femmes enceintes et les enfants pour une ou deux semaines. Comme l'avaient fait les Russes à l'époque. On peut le leur accorder : ils ont montré après Tchernobyl comment on prend ce genre de choses en main.

Janna-Berta ouvrit la bouche. Mais Mamie Berta prit la parole avant elle.

– Mais, Hans-Georg, on a dit que lors de la catastrophe de Grafenrheinfeld, la radioactivité libérée avait été neuf fois supérieure à celle de Tchernobyl !

Elle leva sa tasse, le petit doigt tendu, comme elle le faisait toujours, et but avec délectation.

– C'est fou ce qu'on peut nous raconter, reprit Papy Hans-Georg d'une voix sourde. Pense simplement à toute cette hystérie qu'ils ont déclenchée après Tchernobyl ! Et si vous voulez savoir, ce sont aujourd'hui les mêmes pour qui la catastrophe n'est jamais assez importante. Les adversaires de l'énergie nucléaire, les réformateurs de l'univers, toute la racaille verdâtre qui veut nous ramener à l'âge de pierre.

Les petites figurines de l'hôpital d'urgence remontèrent à la mémoire de Janna-Berta. Elle aurait aimé avoir des pierres, beaucoup de pierres qu'elle aurait eu bien en main. Elle regarda autour d'elle. Il n'y en avait pas sur ce balcon. Pas même une bûche ou un presse-papiers. Son regard s'arrêta sur la cruche à chocolat. Elle la prit à deux mains et la leva.

– C'est bien chaud, n'est-ce pas? dit Mamie Berta avec son gentil sourire. Bois donc.

Janna-Berta reposa la cruche. Non.

– Mais dans les journaux, on a parlé de tellement de morts, fit remarquer Mamie Berta à Papy Hans-Georg.

– Tu les as vus? grogna-t-il. Naturellement, à l'intérieur de la centrale nucléaire et tout autour. Et puis ce chaos automobile...

– Ils ont écrit : dix-huit mille, insista Mamie Berta.

Papy Hans-Georg eut un geste de mauvaise humeur et se mit à pérorer comme s'il avait eu devant lui un public nombreux qui l'écoutait :

– Je vais vous dire : tout ça, c'est la faute de la presse qui s'empare de ces incidents. Sans elle on n'aurait pas eu cette hystérie et on aurait été préservé de ces cris alarmistes et de toutes ces exagérations. De nos jours, on explique beaucoup trop les choses. À quoi cela sert-il que Margot sache ce qu'il y a à l'intérieur d'un réacteur et discute de rems et de becquerels ? Au bout du compte, elle n'y comprend rien. À quoi cela sert-il que le monde entier connaisse le nombre de morts ? Ces contes catastrophistes nuiront inutilement à notre renommée à l'étranger. Je dis simplement ceci : dans ce pays, il y a eu des hommes politiques qui auraient traité toute cette affaire d'une façon si discrète que, même ici, à Schlitz, on ne se serait rendu compte de rien. Et aucun journaliste n'aurait osé fourrer son nez dans cette histoire.

Mamie Berta acquiesça d'un signe de tête.

Janna-Berta retira son bonnet et se mit à raconter.

Achevé d'imprimer
par Maury-Eurolivres S.A.
45300 Manchecourt

Imprimé en France
Dépôt légal : Avril 1996